淺草鬼妻日記 二

妖怪夫婦歡慶學園祭

友麻碧

輕文學
Light Literature

目錄

魔都．平安京——

魑魅魍魎蠢蠢欲動，深受詛咒的時代。

由於天生擁有強大靈力，我經常成為妖怪覬覦的目標。

「晴明，救我，救救我。昨天晚上我又聽到那個恐怖的聲音了，說要把我抓去吃掉……」

「茨姬大人，請您放心，我會設下結界保護您的。」

回話的是一位擁有美麗金髮的絕世陰陽師。

差遣眾多式神，發揮驅魔能力保衛著這座平安京。

聽說他年紀遠大於自己，但外表跟初遇當時完全沒有變化。

仍是一副瀟灑青年的模樣，內在卻相當老成。那股氣質，就像是波瀾不驚的水面……

不流露絲毫情感的漠然氣息，令眾人感到太過異於常人吧。

他是狐狸之子的傳言，在街頭巷尾不脛而走。

「欸，晴明。雖然頭髮害你被叫做狐狸之子，但你的金髮是很特別的喔，那麼美麗……我因為頭髮帶著紅色而被罵做鬼之子……讓媽媽總是非常哀傷，說那是……鮮血骯髒的顏色。」

「……鮮血絕非骯髒之物，那是堅強生命的色彩。」

「生命的，色彩……？」

「您的星星在命運強烈的指引下，現在正好站在兩條路的交岔口。」

「……」

「請堅強起來，茨姬，絕對別讓那股力量甦醒過來。」

晴明那句話中的含意，現在的我能夠清楚了解。

頭髮一天天變得更加鮮紅，讓爸爸更為疏遠我，讓媽媽更加悲傷。

就這樣，在春夜裡，和坐在庭院枝垂櫻上的那個絕美的鬼——酒吞童子——相遇了。

這是命運。

時候到了。

似乎有誰正如此低語……我也變成了鬼。

晴明觀察到的星象，就是在擔憂著這份命運吧。

第一章

前妖怪夫婦的休假日

第一學期期末考結束後的那個星期六。

我，茨木真紀，住在淺草瓢商店街上一棟超級破爛的舊公寓「野原莊」內，是個平凡的人類高中女生。

而另一個人取出藏在廚房儲米箱下的某個東西，從剛才口中就一直念念有詞。

「禮券……只到今天嗎？啊，儲米箱裡頭的米快沒了……唔……嗯。」

青梅竹馬兼同班同學的天酒馨也賴在我房裡，目光牢牢盯著寫滿租屋資訊的小冊子。

「嗯——嗯……便宜的也要七萬日圓左右……好困難呀。」

馨九月底開始就要一個人住，現在正在淺草找尋好房間。

「欸，馨，組長給我們的禮券期限只到今天嗎？你要是有空，就陪我去買東西嘛。」

「妳呀……到底知不知道熱愛打工的我為什麼這個周末要休假呀？是因為禮拜六要在家裡鬼混，消除期末考周累積的疲勞，而禮拜天要去看房子。」

「哎呀～不要講這種上班族爸爸們會在假日講的藉口啦。我當然也很喜歡在家鬼混，可是禮券沒用掉不是很浪費嗎？而且我想送由理小禮物，之前準備英文考試時，他幫了我很多忙。」

「……妳打算送什麼給由理？」

「嗯……咦，由理會想要什麼呀？是說，他會有想要的東西嗎？他所欠缺……而我們這種窮鬼又送得起的東西……」

繼見由理彥是我們的同班同學兼童年玩伴，家裡經營淺草的老字號旅館。

「沒關係啦，送禮重要的是心意。妳送他妳自己會想要的東西就好啦。」

「要說我想要的東西，現在排名第一的是最新型的冷氣。第二名是藍光播放器。第三名是開冷氣的電費喔。」

「喂，妳已經有我從附近的唐吉軻德（註1）生活百貨買回來的那台2980日圓的電風扇了吧。」

馨直直伸手指去的方向，有一台外表閃亮如新的電風扇。

今天也相當悶熱，它從剛才就全速運轉。

東京的夏天十分炎熱，淺草當然也是熱得要命。

我家的冷氣已經老舊，不僅冷卻效果若有似無，還很耗電。房東先生能不能早點幫我換一台省電的最新型冷氣呀……？

「那你呢？馨，你現在想要什麼？」

註1：唐吉軻德是日本最大型的便利商場，價格低廉，商品種類包羅萬象，十分齊全。

「我……第一名是租房子的初期費用（註2），第二名是新生活需要的家具，第三名是暢行無阻的網路。」

「這些你爸全都會幫你出吧？畢竟你還是個高中生呀。」

「我是希望盡量不要依靠他啦。」

「你就是這樣，就是這一點不像個小孩，一點都不可愛啦。你要學學我，該撒嬌時就撒嬌，能到手的東西就全部收下呀。」

「……老實說我真是很佩服妳的厚臉皮。哦，好房間耶。」

馨似乎是看到了不錯的房間，拿筆畫了好幾個圈，專注細看條件內容。

「欸，如果要出門，就吃完午餐再出去好了，在外面吃飯還要花錢。」

「那中午就吃中華涼麵吧！」

「……喔喔，我們家也開始提供中華涼麵了嗎？」

馨下意識地將這裡稱做我們家。

「馨，你去陽台摘一點小番茄來。你耗費心血照顧的那些喔。」

我拍了兩下手，就立刻走向廚房。馨不太情願地往陽台移動。

我們家種了好幾種蔬菜，代表作就是馨種在陽台的小番茄，和我種在壁櫥裡的豆芽菜。夏天必吃的中華涼麵，就大量擺上這兩種蔬菜吧。

「煮麵這段時間先來備料。手鞠河童送我們的小黃瓜、鮪魚罐頭、剩下的一片火腿……啊，還有之前做的糖心蛋。」

我總會趁特價時拖著馨和由理去採買大量雞蛋。

一定會先拿一盒做成糖心蛋放著，想吃時就有得吃。用蒜泥和醬油浸泡入味、入口即化的美味半熟糖心蛋。

「妳看……好多小番茄喔。」

馨興奮跑到廚房，一臉又驚又喜，將掌心裡滿滿的小番茄拿給我看。

結實飽滿像要脹破般、光澤閃耀的鮮紅小番茄。

馨的努力照料有了回報，結了好多果實。我忍不住捏起一顆吃掉。

「啊，妳這傢伙，居然沒洗就吃，太貪吃了吧。」

「因為這個小番茄又甜又好吃呀。」

「是吧？我可是非常講究肥料和灑水的方法呢。」

「你真的很勤勞耶。」

咕咚咕咚咕咚。小番茄從馨的手掌心滾到碗裡……

我忙著用自來水清洗番茄，同時出聲分派馨另一項工作。

註2：在日本租屋，一開始簽約時需要支付各種費用。有押金、給房東的禮金、仲介費、火災保險、次月租金以及按比例計算的當月租金。

「你再去把壁櫥裡的豆芽菜拿過來，今天要全部收成吃掉。」

「好好好……妳就是最會奴役老公的鬼妻呢。」

……啊，這傢伙自稱老公耶。雖然他自己似乎沒有意識到。

馨按照我的吩咐，將長滿豆芽菜的竹篩拿了過來。

豆芽菜可以用綠豆、紅豆或玄米這些種子在自己家裡栽培，我們家選用的是紅豆。這個季節大概只需要三天就能收成，快速簡便又富含營養，是我們家餐桌上的主要戰力。

「紅豆快沒了，得去『洗豆妖』一趟買紅豆才行。」

「那要去合羽橋道具街嗎？」

「也是耶。而且組長給我們的禮券在合羽橋也能用……啊，由理的禮物乾脆也在合羽橋找找看好了。」

剛剛從儲米箱下面拿出來的禮券。

這是「淺草地下街妖怪工會」的老大，出於某種原因而送我們的謝禮。幾乎所有淺草妖怪都隸屬於這個工會

而某種原因指的是，感謝我們之前以淺草地下街一員的身分出席了百鬼夜行。尤其馨還在那場百鬼夜行裡，肩膀被狠狠砍了一刀，身負重傷。

沒錯。

我和馨看得見超乎尋常人類的「妖怪」。

畢竟我們兩人以前都是妖怪。

我們上輩子是活在千年以前的大妖怪，酒吞童子和茨木童子這對夫婦。

簡單說明一下，我的前世是茨木童子，馨的前世則是酒吞童子。

我們這對前妖怪夫婦，遭到當時的陰陽師和退魔師追殺，喪命之後，轉世投胎到現代的淺草。

身為一個人類，從頭開始經歷一段人生。

目前一起過著栽種豆芽菜和小番茄，平和安穩的日子。

所以才會明明我們還只是高中生，生活模式卻帶著中老年夫婦的色彩。

「豆芽菜是我們家窮酸美食中最重要的王牌……一定還要繼續種。」

我將種在竹篩中的豆芽菜全部摘下來，迅速燙過，再仔細瀝乾水分。

把預先煮好的中華麵條盛進玻璃盤，上頭再整齊擺上豆芽菜和其他配料，最後將對半切好的糖心蛋輕巧放上，並讓蛋黃那面朝上。

接下來只要用醋、醬油、砂糖和麻油拌成調味醬，再均勻淋上去就完成了。

嗯——麻油好香……紅紅的小番茄真可愛呢。

簡單地說，就是看起來超級好吃。

四腳桌上方，已經分別擺好我們的杯子和筷子了。

冰涼的麥茶和中華涼麵。看起來就是夏天午餐該出現的組合。

「我開動了。」

將麵條充分裹上用醋增添了清爽氣息的酸甜醬汁，再大口吸進富有彈性的中華麵條。

配上蔬菜和火腿一起吃，實在是人間極品美味呢。

咬斷豆芽菜的清脆聲響，清楚迴盪在三坪大的房間中……

「馨，好吃嗎？」

「嗯，好吃。」

雖然我們家裡只有電風扇，但兩人一同度過、再尋常不過的假日用餐時光，我非常喜歡。

夏季炎熱難耐。但嘴裡吃著中華涼麵，耳裡聽著窗邊風鈴清脆聲響，似乎就能感到一股涼爽的氣息。

下午，我們穿過淺草國際街，來到位於淺草寺這一帶西側的「合羽橋道具街」。地點距離公寓相當近，我很常來。

這裡販售包羅萬象的料理用具、餐具、食品模型等各式有關「飲食」方面的用品，也是一條全國知名的商店街。

今天我穿著有白色蕾絲衣領的海軍藍洋裝出門。

馨身上也並非平日的學生制服，在黑色V領背心外又罩了一件白色短袖襯衫。他個子高，身材好，即使穿便宜牛仔褲也很帥氣。

「欸欸，要買什麼才好呀？由理的禮物。」

「典雅的茶杯應該不錯吧？很適合那個精神年齡已經是老爺爺的傢伙。啊，妳看，是賣食品模型的店。」

食品模型店家特別多觀光客。

壽司、天婦羅、霜淇淋……幾可亂真的可愛食品模型擺得滿滿都是。

「這就是那些手鞠河童在黑心工廠被迫製作的……那個吧？」

「什、什麼？欸你看，鮪魚腹肉壽司的磁鐵……這個閃閃動人的光澤，看起來好好吃喔。」

「不准吃。絕對不能吃喔！」

馨這傢伙是認真在擔心。但就算我再愛吃，也不會真的把食品模型吃下去啦。

「啊，對了。有沒有適合由理的食品模型呀？像是糰子、天婦羅這類的。」

「妳要送他食品模型喔？……是啦，由理應該會有興趣。」

「啊，欸，你看這個！」

我將闖入視野的某個食品模型拿起，伸到馨面前給他看。

「這不管怎麼看都是魷魚乾吧，還做成鑰匙圈。」

就連觸感都維妙維肖，似乎不小心就會當成真的魷魚乾咬下去了。

「但這跟由理不太搭吧。」

「真要說起來，應該是適合你啦，你不是喜歡魷魚乾嗎？是不是酒吞童子愛喝酒留下的影響呢？」

「啊，別這樣。禁止揭前世舊瘡疤。」

「至少別在書包上面看看嘛。那些女生會突然感到你容易親近，尖叫著喊天酒好可愛，外冷內熱太萌了！然後排成長長一列告白大隊。」

「哇啊，別講了。那是地獄！」

他似乎是想起上輩子的痛處，緊緊抱著頭。

馨這個人呀，長相俊美，非常受歡迎，但卻異常地不擅應付女性單方面的愛慕。大概是在酒吞童子的時代，因為太受歡迎而吃過不少苦頭。

「好！那換我來幫妳找適合的肉……肉類食品模型。」

「我聽到你說要找肉了喔。」

他的好勝心好像被激發了，現在正興致勃勃地尋找肉類的食品模型。

啊。章魚小香腸好可愛，相當不錯耶，應該還滿適合我的吧。

但馨興高采烈地找到的是肉……更精確地說，是吃乾抹淨後的肉骨頭。

「拜託！這個根本是炸雞啃完後剩下的骨頭吧！」

「妳就是個肉食女不是嗎？從還是茨木童子時，就老是雙腳大開站著，毫不客氣地啃食大塊帶骨生肉。」

「……咦？有這種事？」

過去那些不光彩的記憶，我早就全忘光了。

「啊，馨，你看這個很適合由理耶。栗子羊羹！」

「哦，感覺很搭喔。那傢伙可是連小學遠足都要帶栗子羊羹當點心呢。」

因此給由理的謝禮，就決定是素雅的「栗子羊羹」鑰匙圈了。

四方體外觀單純，鮮黃色的栗子剖面很討喜，是個外觀也頗時髦的鑰匙圈。

「欸，馨，我也買這個魷魚乾鑰匙圈給你，畢竟你有教我數學呀。雖然說跟由理不同，是位斯巴達式教師。」

「什麼？不用啦，不用送我。」

「可是，也很開心呀……」

像這樣互相幫對方挑選的過程非常開心，所以即使是這種幼稚的小玩意兒，如果能做紀念收藏在身邊也很好呀。

「……那妳的我買給妳。這樣就可以。」

「真的嗎？耶——！」

所以除了由理的謝禮，我們還買了其他的食品模型鑰匙圈。

「總覺得我們做這種事好像年輕情侶喔。」

「年輕情侶並不會互相送食品模型。」

不曉得馨會把這個鑰匙圈用在哪裡，他買給我的，我是打算別在書包上。

先不論外型如何，對我來說，這是馨買給我、充滿愛意的小禮物。

「那麼，接下來就是紅豆了。」

「嗯，得去那邊才行呢。」

我們離開合羽橋道具街熱鬧的大路，轉進小巷子裡。在掛著一整排老舊招牌的狹窄小路，依特定順序轉彎，走到一個不可思議的廣場。

……氣氛變了。

高聳磚造建築環繞四周的廣場，正中央有一棵點著繽紛妖火的巨大柳樹，根部立著無數標示了箭頭的看板。

方才的喧嚷聲，一點也聽不見了。

這裡已經是妖怪們管理的特殊結界空間「狹間」了。

「啊，茨木大姊！」

「風太，你在這裡做什麼？」

有位髮尾外翹的褐髮青年，正癱坐在柳樹根部滑手機。

他的名字叫做田沼風太，是時下輕浮愛玩的大學生，但真實身分是名為豆狸的妖怪。

也是住在我公寓隔壁的鄰居，丹丹屋這家蕎麥麵店的公子。

「我在打工啦。我偶爾會來當淺草地下街所屬的狹間的指路人。」

「你？不用在蕎麥麵店幫忙沒關係嗎？」

「這份打工比起在老家蕎麥麵店賺得多呀。從正午到晚上八點就有一萬五千日幣，又很輕鬆，超讚的。」

「喂，這打工也太好了，快介紹給我！」

馨立刻雙眼發亮。可是風太一臉得意地搖著食指比出「不行」。

「這是隸屬於淺草地下街的妖怪才能做的打工，就算你以前是酒吞童子，現在變成人類了，就沒辦法囉。」

「哼……轉生為人類真沒好處。」

「你在說什麼呀？」

對於打從心底感到懊惱的馨，很難得地讓我倒彈三尺。

「暑假時我們大學社團要一起去沖繩潛水，伴手禮帶金楚糕可以吧？」

「你明明是隻狸貓，生活還是這麼充實耶。」

「大姊你們呢？既然來到狹間入口，是有事要去哪裡嗎？」

「嗯，我要去洗豆妖的那個狹間，『數珠川』。想買紅豆。」

「那今天走五號通道比較快喔。直直向前走，經過三個狹間後就到了。」

風太將掛在脖子上的金鑰匙，插進柳樹樹幹上的凹陷處。

下一刻，柳枝沙沙作響地搖晃起來，寫著「數珠川」的木牌從柳樹枝條上喀啦喀啦地垂落，還有一朵引路妖火輕輕從我們身側飄下來。

「那就一路順風囉。」

我們接下木牌，從畫著箭頭的無數看板中找出「數珠川」。

沿著箭頭方向往前走，在倒吊著五個鈴的五號通道入口停下腳步，先搖響鈴聲後再繼續前進。

那是個昏暗狹窄，有如隧道般的地方。抬頭往上瞧，能隱約望見一條細縫般的天空，不過感覺相當遙遠。

只有那團妖火靜靜地照亮路途。

外頭明明暑氣蒸騰，這裡卻感覺不太到冷熱。

雖然不時似乎有些冷颼颼地，但那應該只是靈氣造成的惡寒吧。

淺草是日本知名的妖怪密集地區。

上次百鬼夜行的舉辦地點——「裡凌雲閣」，是淺草最大的狹間，其他還有數不清的小型狹間存在，彼此相鄰，現在也是妖怪們做生意的重要場所。

風太待的那個地方，是聯繫這一帶所有狹間的綜合詢問處。

狹間是種相當不安定的空間，如果不從那裡進來，就容易迷路找不到目的地，或甚至最後走不出去呢。

人類將這種現象稱為「神隱」。

「啊，馨，你看，有妖怪在狹間結婚耶。」

半路上，隱約能窺見前方狹間內的情況，是一片美麗的花海。

女性化貓和男性野篦坊分別穿著現代的婚紗和晚禮服，正在舉行婚禮。那副打扮上又戴著面具，應該是妖怪特有的風格吧。

白色蕾絲層層相疊的婚紗禮服……真美呀。

新娘子看起來一臉幸福。想來是她爸媽的化貓並排站著，頻頻擦拭淚水。

對父母來說，或許再也沒有比女兒嫁作人婦，穿上那身華美新娘裝扮更值得高興的事了。

「……」

「居然包下一整個狹間辦婚禮，太誇張了吧。」

「上次組長有說過，因為大家不能在現世裡以妖怪原形舉辦婚禮，所以就將小型狹間當作婚宴會場出租給妖怪們。」

「……哦，聽起來能賺不少。」

「欸欸，馨，我們的婚禮也辦在狹間好不好？就可以叫妖怪的大家來參加了。」

「好嘛好嘛，好啦好啦。」我拉著馨的上衣下襬撒嬌。

馨皺眉，故意別開頭。

「別開玩笑了，誰要在這種充滿妖氣的地方舉行婚禮呀。」

「那就去寺廟或神社？選寺廟的話，搞不好可以在有大黑天的淺草寺舉行佛前婚禮，神社就是有牛御前在的牛嶋神社好。穿著傳統日式新娘服白無垢，坐人力車繞行淺草。啊，不過西式婚紗也令人好難割捨呀。」

「喂，妳的白日夢太過頭囉。現在沒必要日式和西式都穿了吧，而且我們也不需要考慮父母或親戚的想法。」

「……父母……也是呢。」

就算真的要結婚，能夠欣賞我新娘裝扮的爸媽也不在了。

而馨那邊，婚禮應該不需要顧慮爸媽的想法。

「話說回來，結婚這種事呀——」

「啊！那夏威夷如何？我之前有在電視特輯看到，在能望見碧藍大海的小小教堂裡，幾位親朋好友的環繞下，接受眾人祝福。那樣真的很棒耶。」

「……嗯。」

馨突然將手抵在下巴上，開始煩惱「在夏威夷舉辦婚禮要花多少錢呀」？

好極了……我太清楚該怎麼對付馨了。

不過最近他明顯有所改變，不再反駁說：「誰要跟妳結婚呀！」是從百鬼夜行之後開始的吧……

「啊，數珠川到了。」

我們兩個各自一邊想事情一邊走著，不知不覺到了目的地。一望無際的田地映入眼簾，中間有一條閃閃發光的銀色河川流動著……

唰喀唰喀……唰喀唰喀……

什麼東西大量相互摩擦的聲響不絕於耳。

還有一股令人懷念的甜香掠過鼻頭。

「嘻嘻嘻。嘻嘻嘻。洗紅豆吧～數珠流吧～」

河岸邊傳來令人有些心底發毛的笑聲。有什麼東西正哼著歌，埋頭洗著竹篩中的紅豆。是位擁有一對惡魔般的尖耳朵，法師裝束的小個子男孩。

他目光銳利地不停洗著紅豆的畫面，讓人有些背脊發寒，但那也是個妖怪。

「洗紅豆吧～抓人吃吧～」

「豆藏，不可以吃人啦。」

「！」

紅豆色的眼睛，紅豆色的頭髮，就連爪子都是紅豆色的那個男孩，停下哼歌和清洗紅豆的手，原本彎曲的背脊也驀地挺直。

「喔喔！這不是真紀嗎！」

他看到我後，露出惡作劇般的笑容，嘻嘻笑了起來。

但又隨即「嘖」了一聲，表情扭曲。

「馨也在呀！」

「喂，你的表情也太嫌棄了吧。」

「因為——難得真紀來找我，結果老公居然也跟著～」

他的外表像個小學生，講話卻十分老成。

這也是應該的，他可是貨真價實的成年妖怪。洗豆妖妖怪們壽命長，成長速度又十分緩慢，即使年滿二十歲，化成人形還是看起來像個小學生。

他是「洗豆妖」豆藏。

「所以咧，怎麼了？你們是來買紅豆的嗎？」

「對呀。沒有豆藏的紅豆種出來的豆芽菜，我們就活不下去了。」

「對嘛！我們家的紅豆可是一級品！外面那些紅豆的靈力品質完全不能比。畢竟是用這個狹間的數珠川河水培育出來的呢！」

淺草有許多點心像是炸日式饅頭、羊羹、金鍔燒（註3）、豆沙水果涼粉等，裡面都會包紅豆餡。生活在這裡，肯定會吃進紅豆餡。

熱愛甜食的妖怪們特別喜歡這些點心，也經常吃。

對於需要從食物中補充靈力的妖怪們而言，用這個狹間「數珠川」的水培育出來的紅豆，是相當可貴的食材。每一粒都富含靈力，而且洗豆妖清洗過的紅豆極為可口。

不管做成紅豆餡或煮成紅豆飯都十分美味。用這個紅豆種出來的豆芽菜，也比在超市買的更清脆爽口，營養豐富呢！

「妳就把那邊裝好袋的拿去吧。既然是真紀要的，我免費送妳就好。」

「不能免費啦。沒有比免費更貴的東西了。」

「這種時候就收下來呀。」

馨頂了一下我的側腹，但我還是拿出禮券，說：「用這個買。」

我打算用一張五百日圓的禮券，買一袋大概有一公斤重的紅豆。

我自己覺得這已經算是相當厚臉皮了。

「我就是拿真紀沒辦法呀。啊，對了，來吃我們家紅豆煮的善哉紅豆湯吧，差不多要到三點的點心時間了。」

離河岸隔了一小段距離的地方，布滿傷痕的老舊大鍋下，柴火燒得正旺。

紅豆花精們在旁邊顧著，熬煮滋味甜蜜的紅豆。

「這就是剛剛一直聞到甜香的原因呀。我當然要吃！剛剛才去逛過食品模型，老實說肚子早就餓了。」

「妳中午明明吃了像小山一樣高的中華涼麵耶！」

「那些早就消化光了啦。」

雖然是創造出來的世界，但豆藏擁有的狹間「數珠川」內有藍天。

註3：金鍔燒是將紅豆餡包裹在麵皮內後，在鐵板上燒烤成型的日式點心。

星期日的和煦陽光遍灑，除了我們之外沒有其他人的空間。
在靜謐的天空下，用鐵網烤好四方形麻糬，再擺上剛煮好的紅豆。
香噴噴、熱騰騰的善哉紅豆湯。
「善哉紅豆湯和煮成泥狀的紅豆湯不同，裡面還留有整顆紅豆，我很喜歡……」
「嘻嘻，就這樣吃也能單純享受紅豆香氣，相當美味，不過……加奶油也很好吃喔。」
「咦——那是什麼邪魔歪道呀～不過怎麼辦，聽起來超誘人的……」
豆藏從擺在一旁的保冷箱中取出市面上賣的奶油。
將一小片奶油加進這碗善哉紅豆湯後，難以用言語描述的魔性食物就完成了。
在紅豆湯熱燙的溫度下，奶油漸漸融化，我把麻糬和蜜紅豆裹上奶油送入嘴裡……
「嗯～好好吃。既溫和濃郁又甜甜鹹鹹的味道，令人無法抗拒。」
在甜的食物中加入一點鹹味，我超愛這種調味方式的。
像鹽豆大福、鹽味牛奶糖……還有鹽味奶油善哉紅豆湯喔。
「喂，不要狼吞虎嚥，吃得有氣質點。」
「馨，你才是吧。我可不想要你被麻糬噎到，又得去住院喔。這太有可能發生了。」
「……喔，醃蘿蔔。太棒了。」
不知何時出現的一排醃蘿蔔片。馨每吃幾口紅豆湯，就要喀哩喀哩地嚼著醃蘿蔔。
「話說回來，豆藏的紅豆煮的善哉紅豆湯真的好好吃喔，好想每天都吃。」

「跟我結婚，我就每天做給妳吃喔！我一定不會讓真紀吃苦的！」

分不清是認真，還是開玩笑的，豆藏說出霸氣發言。

馨的表情顯得微微不悅，這對我來說很有趣。

「豆藏，我是茨木童子的轉世喔。你們會愛慕我，都是因為那個幻影一直在心裡作祟。」

「才不是這樣！淺草妖怪大家都曾經受過真紀的幫助。我差點在巷子裡被外來惡妖吃掉那時，也是真紀揮舞釘棒把他打飛才救了我不是嗎。實在是太帥了，我就迷上妳了。」

「……喂，豆藏，你最好放棄真紀，這傢伙是鬼妻喔。不但得乖乖聽她擺布，還會被當成提款機……」

「馨？」

「啊，請原諒我。」

我只不過是叫聲他的名字，馨就開口道歉。

還故意往人家的碗裡添紅豆湯。

「嘖。我很清楚啦。真紀心裡只有馨。不過呀，百鬼夜行時妳的身分不是曝光了嗎？那之後沒有奇怪傢伙跟蹤妳吧？而且妳又是獨居的高中女生，實在很危險。」

「嗯？組長在我的公寓裡貼滿靈符，淺草又有淺草寺的強大庇護，最重要的是，妖怪們都會保護我呢。」

在外頭遇到奇怪傢伙來找麻煩，對於靈力高的人類來說根本就是家常便飯，而我都會用那根釘棒將他們打飛，小事一樁。

可是最近大家實在太擔心、太過度保護我了，讓人有點吃不消。

「目前只是還沒人採取行動，接下來會發生什麼還不曉得吧？」

馨語調沉穩地說。他的視線一直牢牢盯著空碗。

「是呀，到時候馨得好好保護真紀呀，畢竟你可是人家老公。」

「少、少囉嗦。我知道啦。」

「嘻嘻嘻。」

豆藏看到馨慌了手腳的模樣，愉悅地笑了起來。

嘴角彎成新月弧度。那張促狹笑臉讓人覺得心情舒暢。

「我告訴你一件好事吧。只要看到洗豆妖的笑臉，就能順利娶媳婦喔。」

「娶媳婦？」

「沒錯。所以真紀也快點和馨把婚結一結，叫他給妳幸福啦！」

「……」

我抬頭注視著身旁的馨。

馨表情僵硬冷汗直流地回他：「還早啦。」

「那什麼時候結？」

「找到工作，大學畢業後吧。」

或許由於我問得不經意，馨回答得一副理所當然的模樣。在片刻沉默後，又突然「啊」地驚呼一聲。

他本人的表情顯得最為訝異，伸手摀住嘴。

「大學畢業後，你就會跟我結婚對吧？」

「沒、沒有……妳這傢伙，挖洞給我跳！」

「豆藏，你有聽到吧！」

「當然囉，真紀。是男人就要說話算話呀～馨～」

「你、你們～！」

……馨最近果然變得比較坦率。

雖然還是那張撲克臉，但偶爾會像這樣不小心對我說出真心話。

馨相當懊惱，將臉埋進雙手手掌間。

「妳、妳少得意忘形，真紀。我只是說一般來講應該是這樣吧。總之現在是不可能結婚的啦。」

「我明白我明白，短短幾年我會等你啦。」

還有幾年呢？我扳著手指數了起來。距離我以老婆身分當家掌權的倒數計時……

「不過馨呀～你要是太有自信，小心真紀被其他男人搶走喔？」

「什麼？是相反吧……真紀，要是我被別的女人搶走，妳怎麼辦呀？」

馨瞄了我一眼。

他多半只是想講講看這種測試我反應的話。

但我認真地思索這個問題，臉色凝重地將原本拿在手裡的免洗筷握斷。

「……那種時候我就追著你到天涯海角，把你搶回來。」

「妳眼睛都浮現血絲了耶。好恐怖喔！」

豆藏和馨挨緊身子發抖。我的殺氣有這麼明顯嗎？

「……咦？」

極短暫的一瞬間，在大腦意識到之前，我直覺感受到一股氣息，反射性地站了起來。

在紅豆田的另一端——剛剛好像有什麼東西盯著這裡看。

銳利、如金屬般冰冷的視線。

「真紀，怎麼了？」

「總覺得，剛剛好像有視線……」

「啊啊，搞不好是正在照料紅豆田的弟弟們，畢竟我們家兄弟多得要命。」

「……這、這樣呀，也是呢。」

不過，是那樣的視線嗎？

沒有敵意，也沒有惡意。但要說是豆藏兄弟的目光，又太過銳利了。

在記憶深處，我似乎知道那道視線。毫無情感的視線。

微弱的……散發香氣的……往日氣息。我甚至感到有些懷念。

儘管如此，就連身為前大妖怪的我和馨，也沒辦法搞清楚那道視線的真面目。

傍晚了。黃昏，是靈力最為騷動不安的時刻。

我們和豆藏道別後，就經由詢問處順利回到現世的合羽橋道具街。

「我最喜歡星期六晚上了。因為明天還是假日，心情上很悠閒。」

「明天我要去找房子，就不能像今天這樣陪妳買東西了喔。」

「我知道啦，而且我明天也有事。」

「妳該不會又接下什麼跟妖怪有關的麻煩事了吧？妳這傢伙，我不是講過了，現在盡量不要一個人出門，做些招搖顯眼的──」

啊，馨又要開始說教了……

「欸，馨，今天晚上要吃什麼？」

「妳也轉話題轉得太明顯了！這也太明顯了吧！真受不了妳耶……唉，我不管了……晚餐喔，不要甜的。」

「啊，你該不會是因為紅豆湯而消化不良了吧？那吃麻婆豆腐啦，麻婆豆腐。」

「喔喔，不錯呀，我喜歡。」

「我知道，我也很愛，既便宜又下飯。家裡有長蔥……還要買豬絞肉……加鴻喜菇也好吃，還得買鴻喜菇回家。」

「那我們回家路上就去一下超市，再到附近的豆腐店買豆腐好了。」

我抬頭仰望染成暗紅色的天空，努力回想家裡還缺什麼材料。有什麼是一定要趁馨在時趕快買起來的……

「欸，馨，那袋紅豆重嗎？」

「這個？一公斤而已，沒什麼大不了。」

「啊，這樣嗎？那可以再買五公斤的米嗎？米剩不多了，我想先用禮券買起來，而且這樣就能把禮券用完了。」

「妳是想叫我提嗎？叫我提米嗎？我話說在前頭，妳的怪力才大吧。」

「我會拿紅豆的啦！」

我眼尾上抬，露出小惡魔般的笑容。

馨一臉事不關己地低頭盯著我，但沒多久就舉白旗投降，乾脆地點頭。

「好啦……我知道了，紅豆也我拿就好。」

「咦？馨，你有點像個好老公了呢。好像休假日的爸爸！」

「我只是看開了。」

我們在回程路上的超市裡，只採買必要食材。

晚霞餘暉也將隱沒，略顯蕭瑟的氣息中，我們兩人並肩走回家。

「馨，我們要不要像新婚夫妻一樣牽手走回家？」

「什麼？我們又不是新婚夫妻，而且現在還扛著這麼多東西耶？妳的手很熱，我才不要。」

「咦——那是什麼理由啦。」

害羞的馨果然不肯跟我牽手……

啊，到晴空塔了。今晚是鮮明的水藍色。

從路上建築物縫隙窺見的這棟本區象徵性建築，會在太陽下山之後點燈，照亮黑夜。

「欸……真想快點結婚呢，馨。」

望著聳立在昏暗天空中的光塔，我不經意地脫口說出這句話。

「……妳今天特別性急耶。」

「因為……我想和你變成真正的家人。」

「……」

成排掛在商店街店門口的燈籠，透著朦朧的紅色光芒，展開漫長夜晚的營業日常。

這裡就是我們這對前妖怪夫婦一同轉生之處，淺草。

〈裡章〉馨找新住處

與東京地下鐵銀座線直接相通，日本最古老的地下商店街，「淺草地下街」。

充滿懷舊氣息的商店街最深處，悄悄存在著不為人知的「淺草地下街妖怪工會」。

「所以咧，天酒……你想找怎樣的房子？」

「嗯——房租最多五萬日圓吧。」

「不要講這種夢話啦。我想你也知道，淺草可是觀光景點耶。」

我，天酒馨，禮拜天一大早就來到了淺草地下街的總部。

這個組織守護著淺草周邊妖怪們的工作環境，並在生活上提供協助。

同時還管理淺草各種別有隱情的特殊房屋、能量景點和狹間等。以極為低廉的價錢出租房屋給那些走投無路的妖怪們，也是這個組織的工作之一。

以前真紀要開始獨自生活時，也曾經受過這裡的幫助，我也認為由明瞭自身複雜情況的淺草地下街來幫我介紹房子是最好的方案。

正向我介紹房子的是這裡的組長，灰島大和。

一身黑西裝的打扮，讓人一看就想問他是流氓還是黑手黨。長得一臉凶神惡煞，實際上卻內心善良，有時甚至人太好到令人擔心。住在淺草這一區的妖怪，應該全都曾受過他的照顧吧……

「在淺草房租五萬日圓的房子，不是破爛不堪就是另有隱情喔。」
「嗯，沒關係，就算住滿妖怪的公寓或電梯大廈也可以。」
「那你乾脆去住茨木那間公寓呀，她正下方的房間一直都空著吧？」
「……身為一個高中生，跟真紀住太近還是不太好吧。」
「你這傢伙，明明每天不嫌煩地去她家報到，現在還講這什麼話呀。我實在是搞不懂你們兩個的關係。」
「這樣嗎？不過這樣說起來，真紀昨天……」
——我想快點和你變成真正的家人。
她喃喃地脫口說出這句話。在仰頭遠望晴空塔的時候。
昨天，那傢伙讓人感到特別執著在結婚呀家人呀這種事上，應該是因為快到她爸媽的……
「說起來，茨木當初找房子時你也在吧，天酒。爸媽車禍過世，她決定不去投靠遠方親戚，而是獨自留在淺草生活，是因為你和繼見在這裡吧……這麼說來，忌日是下個月呀……」
「……沒錯，真紀一年一度大崩潰的日子。」
真紀的爸媽在山腳下的國道遇上連環車禍。
日期是在八月的盂蘭盆節前幾天，他們要當天來回去參加大學時代恩師的法會。
那是一場充滿謎團的車禍。據說當時有隻黑色流浪狗還什麼的突然衝出來，迫使前方車輛緊急剎車。

那天真紀剛好得參加期末考後的暑期補救教學，所以留在淺草。固然一方面是因為她最不擅長的英文和數學考了不及格，但那場法事原本就與她無關。

如果真紀沒有考不及格，一時興起跟著她爸媽去了，就可能會遇上那場車禍。一這樣想……

我到現在都還會忍不住全身發抖。

「真紀……她很喜歡自己的爸媽。跟我不同，她一直很珍惜這輩子的家人。所以從那之後她就沒再考過不及格了。明明她最討厭讀書，考試前卻總是拚命抱著書硬啃，特別是英文和數學……她下定決心不再拿到紅字。」

要是自己有跟爸媽在一起，或許他們就不會死了。

搞不好有辦法救他們。

她直到今天都還是這麼想。

「……那時真的讓人很不忍心，從來沒看過茨木哭成那樣。」

「……」

國中二年級的夏天。明明得知消息時，還有葬禮時，她都沒有哭……

我記得真紀是在火葬時哭的。

抬頭望著從煙囪冉冉上升的白煙，她的眼淚再也忍不住地一滴滴、一滴滴落了下來。

我只能緊緊抱著真紀，即使如此她還是無法止住哭泣。

『他們是這麼愛護異於常人的我。完全沒有疏遠我、畏懼我、把我關起來……還給我美味的食物吃，聽我講話。數不清有多少次，說我可愛，說愛我……』

真紀當時說的話，我依舊無法忘懷。

她因為前世雙親的殘酷對待，在內心留下了創傷。

然而，她卻能夠如此信任這輩子的爸媽，是因為身為茨木真紀出生後的這段成長過程中，爸媽理所當然地對她灌注了不求回報的深切愛意吧……

這個世界毫無道理可言。

如此珍視的人，卻輕易離開人世。

「……好，那就去看個三間房子吧。」

組長將鬆垮的領帶繫緊，帶我走到停車場。

「你坐旁邊，別忘了繫上安全帶。」

「咦？今天是組長自己開車嗎？平常不都是矢加部開？」

那個老戴副太陽眼鏡，身兼大和組長祕書和保鑣的人。

「矢加部今天是家庭日呀。那傢伙雖然沉默寡言，其實已經有家庭了，必須要好好安排休假呢。沒問題啦，我也是有駕照的，去年才拿到的就是了。」

「什麼——感覺有點恐怖耶。」

坐上繪有淺草地下街妖怪工會的綠色櫻花花紋、外表相當可疑的漆黑車子後，兩人就出發前去看房子。

「話說回來，天酒，茨木身邊有什麼特別情況嗎？」

「特別情況嗎？目前並沒有……但我認為她是茨木童子轉世這件事曝光後，會有很多怪傢伙盯上她。」

「現在大家還在觀望情況吧……就算她只是一介高中女生，但力量超越人類太多，一般的妖怪根本打不贏她。」

「肯定會被打得半死不活呢。」

話雖如此，什麼都沒發生，我們依然過著平和安穩的日子，這反而令人感到害怕。

簡直就像暴風雨前的寧靜……

「那之後，陰陽局那邊……也完全沒有動靜嗎？」

「嗯——就是呀，他們內部好像正因為該如何處置茨木和八咫烏深影這件事吵得不可開交，應該差不多要來傳喚人了吧。」

「還是些自視甚高的討厭傢伙耶。」

「不用太緊張，天酒。大組織總會有些麻煩事，但也是有少數聽得懂人話的傢伙在，我這邊也只能好好應對。」

在交談中，兩人很快就到了第一間公寓。

「……哇塞。」

公寓「吉原樂園」，正前方是垃圾屋，隔壁是藏汙納垢的成人遊樂設施，四周環境有夠嚇人，但房租極為便宜，每個月只要四萬三千日圓。

房子本身的老舊程度還在原本想像範圍之內，但不管怎麼說，周邊實在是……

「這是……可以推薦給高中生的房子嗎？」

「喂，第一間要先帶去看特別糟糕的房子，這是仲介的常用伎倆。讓你明白……每個月五萬日圓以內，基本上就是這種模樣。」

……光是這樣不用看裡面，也知道真紀那棟公寓還比較好，但總之先進去看看。

「哦，不過房間……倒是很正常耶，比真紀那裡還要稍大一點吧？這樣只要四萬多算是很便宜耶。」

「是啦，這間公寓住起來是很方便，只是……」

大和露出苦澀的笑容，同時，他身邊驀地憑空冒出三個身穿美麗和服、風情萬種的女性幽靈。

「哎呀討厭——！大和小老闆！」

「一乃最近好不好呀？」

「哼～大和小老闆是我的！」

啊，糟糕，大和的精氣正在被吸走。

「情況就是這樣。這一帶以前就是那個有名花柳巷『吉原』的所在地，而且在火災中燒死的花魁們，幽靈仍徘徊在此。你又長得帥，應該會有很多大姊姊來好好照顧一番吧？」

「……」

我一言不發地走出去。先不管幽靈什麼的，光是在無數女人圍繞下生活這一點，真紀就不知道會有什麼意見。

不，只是有意見而已嗎？我大概會被揍死吧？

大和跟在後頭走出來，問道：「怎樣呀？」

「什麼怎樣啦。我怎麼可能跟真紀以外的女人一起生活啦……你是想要借刀殺了我嗎……？」

「受不了耶，天酒，結果到頭來你還是對茨木很專情，愛她愛得不得了嘛。」

「咦？什麼？你說什麼？」

「我是說……了不起，能為了她犧牲奉獻。」

「我自己也這樣想。」

沒錯，所以這裡完全不考慮。

因此我們立刻動身前往下一間房子，正將手伸向黑色車門時——

「咦？這不是馨和組長嗎？」

卻出現了意料之外的人物。

真紀。剛剛才講到的真紀，拿著看起來裡頭像是釘棒的布包，一臉詫異地站在那裡。

糟了！我像是做了什麼虧心事似的，冷汗直流！

「真、真紀！妳為什麼會在這裡？」

「你問為什麼……我昨天沒講嗎？今天要去爸媽墳前掃墓。我都是從這附近的站牌搭公車去的呀。」

「妳昨天根本沒說要去掃墓呀，很快就把話題轉開了。」

「比起這個，你聽我說啦，馨。在那間寺廟，有好幾個妖怪大喊：『妳就是茨木真紀吧——』然後就突然朝我發動攻擊。是說，我用防身釘棒把他們全都打飛了。」

「……妖怪？」

我和大和對看一眼。果然，盯上真紀的那些鼠輩已經開始行動了。

「……沒有受傷吧？」

「唉喔，太難得了，你是在擔心我嗎？我怎麼可能會輸給那種貨色。」

真紀一臉滿不在乎，得意地笑。

「不過回程路上經過吉原神社時，那個性格彆扭的弁財天對我挑釁，叫我：『喂，醜八怪！』我就跟她打了一場女人間的小戰鬥。是說，一擊就贏了啦。」

「一擊打贏女神的高中女生……」

「妳越來越脫離人類範疇了喔，茨木。算我求妳，拜託別跟神明吵架啦。」

大和表情無奈地囑咐真紀。

這是當然的。淺草的神明，很多都自古以來就相當融入這塊土地與庶民生活。

或許因為這樣，他們比人類更像人，率真任性又自由奔放。

對大和來說，除了妖怪以外，這些神明也是難以應付的燙手山芋。

「馨和組長正在看房子嗎？」

「沒錯，我們剛看完一間，全都是幽靈。」

聽到這句話，真紀顯而易見地縮了縮肩膀，方才的得意神態頓時消失得無影無蹤，立刻切換至柔弱女子模式，躲進組長的黑色車子裡。

「妳喔……是怕幽靈沒錯啦。不過妳剛剛不是才一直待在墓地嗎？」

「現在都會好好供養死者，墓地不會有幽靈跑出來呀！雖然有妖火，但在路上遊蕩的浮遊靈和惡靈更可怕啦。快點，組長我們出發了啦！」

因為這樣，真紀也跟我們一起往第二間房子移動。

地點要比吉原更裡面，是房租四萬日圓的獨棟住宅。房東住在一樓，二樓拿來出租。

「……喔喔，這裡很棒呀，一房一廳居然只要剛好四萬。」

寬敞的空間設計，還是浴廁分離，外觀依然漂亮的木造建築。

不過大和從剛剛起就一直顯得相當坐立難安……

「唉喲～來看房子嗎？小老闆？」

「……咦？」

門開了，腳步沉重地走進來的是……

超級大隻、身形魁梧、肌肉發達……穿著白色緊身襯衫和短褲，語調妖嬌柔媚的男子。

他的模樣散發出一股異樣的壓迫感，就連我和真紀都說不出話來，只是不自覺地向後退。

那個人先鎖定我，眼神發出銳利光彩，伸出舌頭舔了嘴唇一圈。

「討厭～跟傳說中的一樣，是個俊俏的小帥哥，真想吃掉你～」

這是什麼情況？妖怪嗎？

不，感覺跟妖怪不同，但飄盪著一股不祥的氣息。

那是神明嗎？難道是邪神？

身體發出警告，冷汗直冒個不停。真紀也擺出戰鬥姿態，全身靈力都活絡起來，正打算從袋子拿出釘棒。果然是麻煩的靈體吧！

「這位是房東勝男先生，我話說在前頭……他只是個普通人類喔！」

喀啦啦！

一聽到大和的介紹，我和真紀就拉開二樓窗戶，想都沒想就跳了出去。從二樓跳下去對我們來說算不了什麼，一著地後又立刻拚命跑走。

「咦咦咦！喂！喂——等一下！你們這兩個傢伙——！」

大和的聲音從背後傳了過來，但我們完全無視，將他一個人留在那當成活祭品。

我和真紀最怕的，其實就是「普通的人類」。

我是因為那個勝男先生讓人本能地感到危險，至於真紀則是因為對方若是普通人類，她就不能放肆攻擊了。是說，真紀她到現在仍不擅長與人類交流。

我們跑到哪了呢？

在盛夏季節中，我們只是不停地向前跑，等回過神來，人已經在昨天採買東西的國際街上的超市前大口喘息。換句話說，我們回到真紀家附近了。

「喂！不要丟下我自己跑走呀！害我變成……活祭品了啦！」

大和從後方趕到。他身上的襯衫似乎有點凌亂。

臉上到處都有厚唇形狀的痕跡，但我們都假裝沒看見。

「大和，你幹麻找那種危險地方給我……？」

「沒、沒有啦。那間房間本身是個便宜的好住處，我想說至少給你看一下，而且我受到勝男先生相當多關照呀。那個人雖然感受不到靈力，但精通十八般武藝，目前有在指導我們工會內的成員。」

「大和，不好意思，關於第三間房子，我想還是算……」

我真的是已經精疲力盡，害怕再遇到什麼意外，認為還是應該先回去休息，重新思考一下房租和租屋條件。不過大和說：「第三間屋子就在這附近。」

接著，他一臉坦蕩蕩地帶我們走到真紀的公寓前面。

「……」

嗯，是啦，跟今天看的其他房子比起來，這棟我常來的「野原莊」根本是極為出色的選擇。

「天酒～當初我介紹這裡給茨木時，它就是最好的房子了，離商店街近，對學生來說也很安全。儘管住戶全是妖怪，但都是些身家清白的好傢伙。再加上如果你待在茨木身旁，就讓人放心多了。」

「大和，結果你根本一開始打的就是這個算盤吧？」

「別、別生氣，天酒。啊，也是因為那個，正因為我很相信你呀。」

真會講漂亮話呀。

是說，我自己也很清楚，就算去走這一遭，最後肯定還是會選擇這裡。

要去真紀家也很近，格局也很熟悉，最重要的是，萬一真紀遇上什麼麻煩，我立刻就能處理……何況盯上真紀的那些傢伙，似乎開始如同預料地出現了呢。

但我這人就是性格彆扭……忍不住稍微掙扎了一下。

「馨、馨！你要住這間公寓嗎？」

「……真紀，妳很高興嗎？」

「嗯、嗯！這樣一定很有趣呀，哇～太棒了！」

她的表情並非常見的洋洋得意小惡魔笑容，而是綻放整臉的坦率笑意，真紀雙手朝天大喊了三次萬歲。

……好啦，我明白了。她這麼高興，實在可愛得要命，我就不能再拒絕了。

「好——這樣就簽好約了。」

「太棒了，今天晚上吃豬肉壽喜燒慶祝喔——」

怎麼有種輸了的感覺。

不過真紀看起來真的非常高興，所以一點問題都沒有。

既然決定了，就想快點搬過來呢……我居然還閃過這種念頭。

「欸，真紀……」

「嗯？」

「……呃，雖然我們住得很近，但妳可別隨便叫我過去，任意使喚我喔。」

「你說那什麼話呀，把人家講得好像鬼妻一樣。」

「妳就是鬼妻吧？貨真價實的鬼妻呀。」

就連自己的住處……都得臣服於老婆大人的淫威之下，我真可憐。

眼前等待我的未來，是一條滿布荊棘的艱辛道路嗎？

還是，不會感到絲毫寂寞的平穩日常呢？

第二章

拒絕飛翔的鳥、無法飛翔的鳥

暑假前的某個悶熱夜晚。

剛張羅好晚飯，正在三坪的起居室暫時休息時。

「咿喔——咿喔——」

伴隨著奇特叫聲，名為月鶇的妖怪雛鳥從敞開的窗戶飛進來，笨拙地摔落在電視機前的四腳桌上。

白白胖胖的體型，看起來就像是在麻糬表面黏上一個鳥嘴。

啊，又在猛吃雷門米香了。

「喂，我講過不能把大塊的一口吞下去吧，要是卡在喉嚨很危險，而且……你最近圓滾滾的喔，真的像團麻糬一樣。」

「咿喔～～？」

「少裝無辜。給我聽好，今天只能吃這些碎掉的了。」

我將視線從電視節目移開，拿起一塊他喜歡的雷門米香捏碎。

月鶇雛鳥聽話地開始啄食那些碎屑。

「呼——」

我再度將目光拉回原本在看的節目上。

那是固定在傍晚播出，介紹野生動物生態的輕鬆性質紀錄片節目。

今天的主角是南極的帝王企鵝。特徵是毛茸茸灰色羽毛的企鵝寶寶，在企鵝爸爸旁邊搖搖晃晃地走著。

「哦，他說帝王企鵝孵蛋的過程是全世界最艱辛的。在企鵝媽媽找食物回來的期間，企鵝爸爸是在絕食狀態下持續用身體替蛋保暖喔。在那種冰天雪地的冰原裡，真是了不起，就是所謂的育兒爸爸吧。」

月鶇雛鳥似乎是對企鵝們的叫聲有了反應，停下啄食雷門米香的動作，嘴角還黏著碎屑，呆呆地望著螢幕畫面。

「好可愛～企鵝寶寶全身毛茸茸的耶～而且下半身肥嘟嘟的體型讓人真想抱緊呀——當抱枕應該會很舒服。」

「咿喔——咿喔——」

「咦？什麼？你說我已經有馨這個中意的抱枕了嗎？嗯——但是呀，他硬邦邦的。」

「妳說誰硬梆梆的？」

臉色難看的馨不知何時到後頭來了。

「馨，你回來了——暑假都還沒開始，你真的是很愛工作耶。對了……」

馨打工回來時，一定都會買個東西替晚餐加菜。

他手中的袋子散發出極為誘人的香氣，我立刻湊近瞧瞧。

「啊啊啊，這個包裝紙是關根的燒賣！」

說到淺草的美味燒賣「關根」，離我家很近，是位在新仲見世街口的知名店家。我也很喜歡這家的燒賣和肉包。

我喊得太過歡天喜地，所以馨拿出冰箱固定存貨的罐裝可樂拉開拉環時，面露些許得意之色說明。

「我回來路上去買的，可不是半價商品喔。」

「對你來說真難得耶。而且居然買非半價的熟食回來……有發生什麼好事嗎？還是做了什麼虧心事呀？」

「沒有啦，只是突然想吃……想說妳可能也想吃。哼。」

月鶇雛鳥意義不明地繞行電視機前的四腳桌一圈，接著在馨專用的坐墊上撲通一聲坐下來。

「嗯？什麼……這隻鳥的體型原本就這麼胖嗎？看起來好像某個由老鼠掌控的遊樂園裡，吃太多焦糖爆米花肥到全身圓滾滾的麻雀一樣……」

馨注意到四腳桌上的月鶇，瞇細眼睛觀察著他的圓胖身形，用手指測量尺寸，還歪著頭思索一番。雛鳥絲毫不為所動，只是專注地盯著電視。

「是說我肚子餓了，今天吃什麼？」

「今天呀，有你喜歡的柴魚片涼拌苦瓜、蝦仁韭菜煎蛋和豆芽菜味噌湯喔。再加上關根的燒賣，就是一頓豪華晚餐呢。」

馨「哦～」了一聲，看起來還頗滿意，同時用雙手將雛鳥捧起，拿到窗邊放下。

但雛鳥難得地又飛回室內，依然穩穩坐在電視機前的四腳桌上。

「待會桌上要擺菜，像你這樣的小東西很危險喔。啊？也沒人叫你移到別人肩膀上呀。咦，太重了吧。」

「咿喔～～咿喔～～」

「啊，閉嘴，不要在耳朵旁邊叫。你的叫聲從以前就有擾亂別人靈力的功效啦。」

雖然也很在意馨和月鶇雛鳥的對話，但我現在得專心做韭菜煎蛋。

裡面雖會放小隻蝦仁，但主菜只有韭菜煎蛋。這就是我們家的晚餐。

烹飪要點是必須留意別將韭菜炒過頭，注意煎蛋形狀完整與否，並維持蓬鬆溼潤的口感。祕密配方的蠔油香氣飄散出來，讓人忍不住食指大動……

「把這個裝到大盤子上，待會用大調羹挖來吃。嗯，自家人嘛。」

「喂，這可以拿過去了嗎？」

「啊，分菜的小盤子也順便拜託囉。」

肩上坐著月鶇雛鳥的馨，將盛著韭菜煎蛋的大盤子拿到客廳的四腳桌上。

我利用這段時間，將切成薄片、預先浸泡過水的苦瓜裝到小碗裡，再撒上大量柴魚片。

這是馨喜歡的菜色，最近經常出現在餐桌上，夏天不可或缺的配菜。用沙拉醬和橙醋拌著吃，口感爽脆又美味。

馨買回來的燒賣，也裝進微波爐專用的塑膠蒸盒再熱一下，就直接擺上四腳桌的正中央，豆芽菜和海帶芽的味噌湯也一起上桌。

「我開動了。」

「開動。」

我的習慣是從最想吃的東西開始下手，立刻夾了一個燒賣，沒有沾醬就直接放進嘴裡。馨老是先喝味噌湯。

「嗯——肉！這個燒賣滿滿都是肉，不愧是關根的燒賣。冷凍燒賣價格便宜是不錯啦，但這種紮實的絞肉口感和存在感強烈的厚重調味，才是老字號的味道……好吃好吃。」

「妳也吃點苦瓜，光是吃肉，等下變得跟這隻鳥一樣胖。」

「我知道啦……不過最近可能真的有點胖了，胸前變得有點緊呢。」

「……咦？」

對於平常總是喜歡浪費力氣裝酷的馨來說，這個傻愣反應算是非常失去防備呢。

而且那瞬間，他的視線移到人家的胸前……

「等一下，你在看什麼啦！你現在才在意嗎？平常就算我在你面前換衣服，你也根本看都不想看。」

「我們從念幼稚園時就一直在一起，換衣服不過是日常生活小事，根本沒什麼呀……不過，這樣呀，終於。」

「終於什麼啦！你說什麼終於！」

馨不懷好意地偷笑，頻頻將筷子伸向韭菜煎蛋，我趁這時大口大口吞下燒賣，吃得比他還多。

另一方面，月鶇雛鳥還在馨的肩膀上，視線仍然緊緊盯著電視畫面不放。他這麼認真到底是在看什麼呀……？

隔天，我比平常更早醒來。

有種奇怪的感覺，該說是身旁有股奇妙的壓迫感嗎……？

「……咦？」

「咿喔～噗咿喔～」

「……」

在隔壁躺著的，沒錯，是帝王企鵝的雛鳥。

我有這種毛茸茸的灰色布偶嗎？

我伸出一隻手把它拎起來，暖呼呼又軟綿綿的，而且身體居然驀地縮成一團。

這、這不是布偶。

那東西配合著奇妙的叫聲正在呼吸，溫熱的身軀正不安分地扭動。

我拿近臉前，嗅聞一下靈力氣息，再仔細觀察。

「難道是，那隻……小月鶇？」

靈力的氣息和那隻雛鳥相同。

昨天我還想說他看那個紀錄片節目看得好著迷呀，結果現在就變成專題介紹的帝王企鵝雛鳥的模樣。

「難道你開始能夠『變形』了嗎？」

這隻小朋友畢竟是留名青史的妖怪。特別是月鶇這種妖怪，其實隱藏著成為能變形成任何東西的大妖怪「鵺」的可能性，即使化身為他有興趣的模樣也不奇怪。

那隻皇帝企鵝寶寶原本是趴睡姿勢，但我再次伸手輕撫他柔軟的皮毛時，他就醒了，打了個大呵欠。

用盡渾身力氣站起身，東倒西歪地在旁邊走來走去。

他一注意到我，就朝這個方向靠近，不停上下拍動像手一般的小小翅膀。

「好、好可愛……」

像絨毛布偶一樣大小的帝王企鵝寶寶，實在太可愛了！

「啊、危險！」

他的小腳差點就要勾到電線，我趕緊伸手從兩邊翅膀下將他抱起。

「嗯，有夠重。大概有之前豆藏給我的那袋紅豆那麼重呢。」

「噗咿喔～噗咿喔～」

「什麼什麼？叫我抱緊你嗎？」

我緊緊地，將存在感、壓力和重量都大幅增加的這隻小鬼抱住。

「啊啊～感覺起來會是個很舒服的抱枕……」

企鵝寶寶肚子似乎餓了，他摸摸自己咕嚕咕嚕響的肚子，一味朝著我叫。

「我知道了啦，家裡應該剛好有柳葉魚。」

不愧是企鵝寶寶，我給的一整隻柳葉魚，他咬都沒咬就一口吞下肚了。

「噗咿喔～」

光這樣似乎還不夠，他立刻搜尋到零食，用兩隻翅膀夾住，啪踏啪踏地走過來。

「咦，雷門米香？你真的是很愛吃這個耶。」

講到淺草名產，首先就是雷門米香。

在眾多店家中，雷門旁的「常盤堂雷門米香本舖」販售的雷門米香，口味選擇豐富，是美味極品。這包是我很喜歡的，加了煉乳的牛奶花生口味。

我打開一袋，將其中一個捏成小塊後，放到企鵝寶寶前面，結果他大口咬住，直接就吞下去了。

還一直催我再給多一點，結果最後他吃光了一整袋。

「喂——真紀，妳起床了嗎？」

「啊，馨。」

馨如同往常來接我出門。我一幫他開門，馨就看見我腳邊的企鵝寶寶，嚇了一大跳。

我將那隻小朋友抱起來，朝馨的臉前一伸。

「你看，這是那隻月鶇的雛鳥喔！今天早上起床時，就變成這樣了。」

「什麼——原來如此……他可以變成其他東西了喔。這隻胖鳥稍微能夠駕馭靈力了呀……但還是很胖耶。」

「企鵝寶寶就是這種身材呀，毛茸茸胖嘟嘟的，很可愛吧。」

「唔、好重。企鵝寶寶根本像是壓醬菜的石頭。」

我將那隻企鵝遞給馨，似乎比他原本想像的還要更加沉重。

啊啊，還沒弄早餐。我動作迅速地捏好柴魚梅子海苔飯糰。吃完既簡便我又喜歡的早餐後，再把剩下的飯糰放到便當裡，並擺進昨天的剩菜……

「聽好囉，你要看家喔。」

「噗咿喔？」

「要乖乖的喔。啊，不過窗戶整個關死，會不會太悶熱？」

「在水桶裡裝水和冰塊，再用電風扇對著吹好了？」

不可能帶著小企鵝去學校，只好將碎冰水擺在電風扇前面，將冷風送到房間的各個角落。這就是我們家的夏季避暑大絕招。怕他會肚子餓，我打開雷門米香的袋子，放在四腳桌上頭。

「……噗咿喔～」

但是企鵝寶寶發出了寂寞的叫聲。

剛剛原本有種野性的氣質，一變成這副模樣，突然有種惹人憐愛的賣萌感呀……

企鵝寶寶搖搖擺擺地走到門口，抬頭用孤單無辜的眼神望著我們。

看到這副神情，即使是扁妖怪不眨眼的我，內心也不禁充滿罪惡感，胸口陣陣刺痛。

那一整天的課，我完全無法集中精神。

總忍不住想著，那隻企鵝寶寶現在在家裡做什麼呢？

那隻雛鳥為什麼要特意變成企鵝寶寶呢？

雖然今天並不算特別炎熱，但他沒有熱壞了吧……？

「哦，那隻月鶇變身成帝王企鵝寶寶了嗎？」

在民俗學研究社社辦吃午餐時，社團成員兼童年玩伴的繼見由理彥聽到這件事，忍不住輕聲笑了起來。看起來似乎很高興。

「不過，說得也是呢。月鶇原本就很容易受到父母或主人的影響，那隻雛鳥的主人是真紀，所以對於真紀觀看的事物、真紀喜歡的東西，會抱有高度興趣吧。簡單來說，就是想要獲得真紀的寵愛。」

妳還是那麼容易遭到妖怪喜愛呢。由理意味深長地說。

「明明到昨天都還沒有這種徵兆，比起我，他對我在吃的雷門米香還更著迷。」

「是說，幾乎所有的月鶇都活不過蒼白弱小的幼鳥階段，不過一旦學會變形之術，自我意識就會開始萌芽，情感也會更容易理解喔。慢慢學習，持續磨練變形技術後，最終進化型態就是名為『鵺』的妖怪，還能學會人類的語言喔。」

「……怎麼覺得好像是小嬰兒一樣。」

馨只是不經意吐出的這句話，由理卻大大點頭稱是：「沒錯沒錯！」

「正是如此。是小嬰兒喔。個性也會在周遭的影響下逐漸成型，簡而言之，這段時期的教育會大大改變這個妖怪今後的性格和生活方式。就是所謂的三歲定終生呢。」

對於由理的諄諄建言，我鼓著塞滿飯糰的雙頰回道：「果然是在養小孩呢……」

「可以先幫他取個名字喔。」

「名字呀……嗯——總覺得責任重大耶。」

今天早上看到的那隻企鵝寶寶的模樣浮現心頭。

「唔——唔——」我嘴裡喃喃嘟噥，絞盡腦汁思考，然後……

「那就叫『小麻糬』好了。」

「……」

馨和由理的眼神，像是非常遺憾地看著什麼東西般。

「真紀……妳才剛剛說自己責任重大，結果取了個這麼沒誠意的名字，現在社會上創意奔放的奇特名字都多到被視為社會問題了耶。」
「少、少囉嗦啦。符合他的外觀，很可愛呀。我話說在前頭，馨，你可是爸爸喔。」
「爸、爸爸！」
「由理的角色是外婆。」
「……至少也說是外公吧。」
馨驚愕到臉部表情都扭曲了，由理的笑臉也爆出憤怒的青筋……
但我滿不在乎地繼續說：
「過去的酒吞童子和茨木童子沒有親生子，但撫養長大的妖怪和家僕不計其數。這輩子至少也得好好養大一隻妖怪。」
「不對吧，我們現在只是普通人類，還是一介貧窮高中生耶。而且要我當爸爸……實在是沒信心耶，畢竟這意味著要吃飯的傢伙又增加一隻了吧。原本是雛鳥時還能隨便應付過去，可是現在該說是存在感有點太巨大呢，還是看起來很會吃呢。要是太寵他，養得跟某個人一樣凶暴怎麼辦……」
「這句話我就當你在開玩笑好了。不過呀，馨，你剛剛該不會是用『隻』來形容我了吧？還有，凶暴是在講誰呀？」
「……唔……這個。」

馨裝作完全沒聽見我的話，雙手在胸前交叉，露出極為凝重的神情。

「不用想得那麼複雜啦，只要給他關愛，就不會養成一個惡劣妖怪。是說，如果有什麼不懂的，我這個『外公』上輩子可是同類妖怪，會以『鵺前輩』的身分好好指導的喔。」

「喔喔……」

「鵺前輩。」

由理置身事外地輕鬆笑著，我和馨雙手合掌膜拜他。

從前一世開始，我們就常在關鍵時刻借助由理的智慧，接受他的幫助。

所以我和馨總是贏不了他呢。

……沒錯，由理也和我們擁有類似的遭遇。

上輩子是妖怪，這一世生為人類。

馨和我分別是「酒吞童子」和「茨木童子」的轉世，由理則是我們的朋友，名為「鵺」的妖怪。

「鵺」是月鶇在長期接受優質靈力的滋潤，發生奇蹟般進化才會出現的妖怪，在歷史上能夠確認的數量屈指可數。

我們在距今大約千年前的平安時代，以妖怪身分出生，以妖怪身分死去。

簡單來說，遭到千年前的陰陽師或退魔師殺害了。

儘管如此，我們轉世的地點是現代日本，還只是普通至極的人類，身為過去的大妖怪也是有點顏面無光。
現在只能幫助在淺草的妖怪們解決一些小麻煩，而我們也期望過著平穩日子，盡量活得像個一般人類。
「啊，對了，由理！期末考前你有幫我惡補英文不是嗎？都靠你，我才勉強低空飛過，所以，這個是謝禮。」
我窸窸窣窣地翻著包包，拿出一個東西，四角形茶色的……
「咦，這個該不會是栗子羊羹的食品模型吧？」
「沒錯，你知道？」
「我知道。做得好像喔～我可以收下嗎？」
由理有點興奮，看來我應該挑到他有興趣的東西了吧。
「我覺得這個好像滿適合你的，畢竟你每個禮拜都要吃三次栗子羊羹。」
「我沒有那麼常吃啦，每周一次而已吧。」
「原來你這麼愛喔……」
由理忽視馨的從旁吐嘈，將食品模型舉高、翻過來、摸摸看。雖然鑰匙圈的重量有點沉，但他似乎還滿喜歡的。
「真紀，謝謝妳。我剛好一直想要一個有分量的鑰匙圈。」
「為什麼？」

「我家有很多上鎖的房間，為了做區別而需要鑰匙圈。最近那些小妖怪們待的房間，鑰匙是我在保管，我想把這個栗子羊羹的鑰匙圈用在上面。既然是真紀送我的東西，就算搞丟了，只要循著真紀個性激進的靈力，感覺很快就會找到……」

「畢竟這傢伙的靈力超有魄力的呢。」

男生們你一言我一語，不曉得是在稱讚我，還是在損我。

由理家經營淺草的老字號旅館。目前已經沒在使用的舊館裡，沒有能耐化為人形、十分弱小的妖怪們聚集在其中一間房間，悄悄過活。

即使由理這輩子轉世為人類，依舊會幫助這些沒有力量的妖怪，照顧他們呢。

不過他總是說，現在最重要的是家人。

在有家人一同居住的房子裡，他沒辦法接納所有來投靠他的妖怪們，心情十分複雜。

「小麻糬——我回來了——」

放學後，我決定將照料觀察帝王企鵝寶寶「小麻糬」列為社團活動內容，就先跑回家了。反正馨要打工，由理為了暑假後的學園祭，得出席冗長的委員會。

「啊！」

我一踏進房間，就嚇了一大跳。

小麻糬居然自己打開電視，專心地盯著給小朋友看的幼教節目。

他還順便從廚房拿了一串香蕉，靈巧地剝好皮，大口大口吃著……

「你這小鬼，肥嘟嘟地癱坐在地上看電視，還一邊大口嚼香蕉，有夠像下午做完家事後放鬆癱軟的家庭主婦。」

「噗咿喔～」

他慢慢舉起小小的翅膀指向我。

「什麼，你說是學我的嗎？不要這樣說啦，我還是如花兒般嬌嫩的高中女生……」

學習能力真是好到令人討厭，不過一開始的模仿對象果然是身旁的人呢。

小麻糬撐著軟綿綿的身體站起來，「噗咿喔噗咿喔」地叫，像叫我抱他似地用力上下拍動短小雙翅。好、好可愛……

我忍不住將他抱起來，用臉頰磨蹭。啊～好鬆軟的毛～

「你的名字叫『小麻糬』喔……不喜歡嗎？」

「……噗咿喔～～」

都可以呀。他好像如此回答，相當隨便。我搓搓他毛茸茸的肚子。

「欸，小麻糬，我們去散步吧。我正打算要去千夜漢方藥局，必須要問一下阿水你的事。」

所以，我馬上就跟小麻糬一起離開家裡。

抱著企鵝寶寶在淺草闊步行走的高中女生，應該只有我了吧。其實這個只是絨毛娃娃啦！一路上我的表情都像在申明這點似的……

走到淺草國際街那條大路，再轉進小巷子走幾步，就到了目的地「千夜漢方藥局」。陳列著滿滿詭異乾貨瓶子的櫥窗也許令許多客人怯步，但這裡是懂門道的人才曉得的熱門漢方藥局。我也常來，於是毫不猶豫地踏進店裡。

「啊，茨姬大人！午安！」

首先歡迎我的是，在黑色浴衣上套著白色圍裙、身材纖細的男子。稍長的瀏海用紅色髮夾固定著，右眼上戴著眼罩，但他美麗的金色左眼圓睜，喜形於色地跑到我身旁。

他是千夜漢方藥局的食客兼計時員工。

稱為八咫烏的妖怪，名字叫做「深影」，暱稱「影兒」。

活了千年的平安時代S級大妖怪，是茨木童子的家僕。

就在最近，才又剛剛再次成為我的家僕。

「影兒，今天也辛苦了，你有認真工作嗎？」

「有！今天我有去外面跑腿……雖然只是去那家唐吉軻德買牛奶和砂糖。」

「哦！光是變得能夠一個人外出，就是很大的進步了呀。」

「是、是這樣嗎……？」

影兒異常躲避外界又熱愛暗處，但我的稱讚似乎讓他很高興，雙手食指不停互戳，有些扭捏害羞的模樣。

他看起來無害，但其實一直到前陣子，持續胡作非為了好長一段時間。

那段時期的暴戾之氣已經完全散去，顯現出原本坦率可愛的模樣。我伸手摸摸他的頭，他就縮起雙肩面露喜悅之色。但是……

「嗯，那是什麼？那個灰色毛球。」

影兒的左眼透出冰涼的氣息。

他似乎看到了我抱在懷中的那個神祕生物。

小麻糬用圓滾滾兼純真的雙眼注視著影兒，「噗咿喔」地叫了一聲。

「就如你所見，是帝王企鵝的寶寶喔。不過其實是月鶇的雛鳥，名字叫做『小麻糬』。今天是第一次變身為這副模樣喔。」

「這是鳥嗎？」

「這個……企鵝應該算是鳥吧，雖然不會飛。」

「難……難道是茨姬大人的家僕嗎？」

「嗯——不，不是家僕，但因為種種原因所以現在由我在照顧。你看，毛茸茸胖嘟嘟的，很可愛吧？」

我伸手捏了捏小麻糬，影兒就露出一副世界末日降臨的絕望表情，連站都站不穩了。

「不可以！茨姬大人最疼愛的鳥類妖怪明明是我才對！我不能接受，不能接受～！還長得那麼可愛，就更加可恨了！」

「影兒，拜託你不要對妖怪寶寶發出殺氣，你是活了千年以上的大哥哥了吧？」

身為茨木童子四家僕中的老么，影兒到今天仍是個撒嬌鬼。居然會吃小麻糬的醋，真可愛……但他過於依賴主人這點，還有這副老么個性，我得想想辦法才行。

「欸~發生什麼事了~？我之前不是講過，不要在店裡吵鬧嗎？小影兒。」

一邊用捶肩棒咚咚敲著肩膀，一邊從裡頭的房間走出來的是，身披華麗和服外褂、形跡可疑的眼鏡男。

「喂，囉嗦耶，阿水。少在茨姬大人面前一副自以為了不起地罵我，我宰了你喔！」

「真是受不了耶~永遠的中二小鬼，永遠的反抗期……」

阿水一副真拿你沒轍的表情，有些無力地嘆了口氣。

「阿水，你剛在裡面喔。」

「哎呀，真紀，妳來了呀，難怪影兒會這麼吵。」

他的名字是水連。我都叫他阿水。

他同時跟人類和妖怪做生意，是這家千夜漢方藥局的老闆。

原本他是名為水蛇的妖怪，也是活了千年以上的大妖怪，但本人表示現在只是個日漸凋零、年屆三十的大叔。

過去他也是茨木童子的四家僕之一。

「妳怎麼帶著一個肥嘟嘟的企鵝寶寶布偶？墨田水族館買的紀念品嗎？」

「不是啦，這個不是布偶。而且，墨田水族館裡的不是帝王企鵝，是麥哲倫企鵝啦。」

小麻糬上下拍動翅膀，在我的臂彎中伸長身子。

阿水嚇了一跳，推了推單邊眼鏡，將臉湊近小麻糬。

「這隻小鬼，是月鶇變的。就是上次迷路跑進由理家的那隻月鶇雛鳥，我有跟你說過吧？那隻雛鳥的事。」

「啊啊，是這麼一回事呀，嚇我一大跳～因為是妳帶著，我還以為妳跑去南極抓回來的呢……」

「欸，阿水，我想問你，讓他吃什麼都可以嗎？他現在是企鵝寶寶，必須讓他吃企鵝寶寶該吃的食物嗎？」

「不用，既然只是變身，那什麼都能吃呀。應該沒必要連生活方式都完全模仿帝王企鵝啦。」

「那雷門米香和仙貝都沒問題吧。小麻糬很愛，如果不能吃，他會有點可憐，」

我用手指戳了戳他的臉頰，小麻糬突然啪噠啪噠地劇烈拍動翅膀，從我懷中逃脫。

像顆球一樣在地面上彈跳了一下，就直接癱坐在地上。使勁吃奶力氣站起身後，就在藥局中左搖右晃地來回走動。

阿水個性順從的家僕蔬菜精靈們在旁邊緊張盯著，替他捏把冷汗……

「不過，就算什麼都能吃，餵他吃太多還是不好喔。他越是嚐過好吃的東西，就會越挑食，吃太多也會變胖，妳要幫他留意飲食健康喔。」

阿水不知為何講了一堆像中醫會交代的叮嚀。

「最近因為過胖來開中藥的人很多，不管人類或妖怪都有。」

「……這個時代連妖怪也要小心體重呀。」

「現代淺草有太多好吃的食物了，而且日本現在又超級方便的，要去哪裡也都是靠電車、巴士或開車，幾乎不需要走路，如果不刻意去運動，就真的幾乎不太會活動到身體。我也沒在運動——」

「我很瘦，比起這個快要中年發福的酒鬼，體型維持得好得多。」

「等等，影兒，你怎麼可以說別人中年發福又說別人酒鬼！春季舉行的台東區妖怪定期健康檢查時，報告說我可是標準體型，還有很多空間……大概啦。」

「妖怪有標準體型嗎？」

「有喔~根據種族、年齡和靈力值來判斷。」

「……靈力值？」

這個詞我是第一次聽見。阿水「啊啊」了一聲，察覺到我的疑惑之處。

「真紀不曉得現在已經引進靈力值系統了嗎？測量自身靈力，將其數值化。陰陽局要求各地工會，提出工會所屬妖怪的靈力值。也就是說，對於連戶籍也沒有，又容易變身成其他形體的妖怪來說，是一種身分證明。靈力值基本上從出生後好像就不太會有變化了。」

「哦，現在是這樣呀？我一直以為靈力應該是種『用感知去體察』的東西。」

「以前是這樣啦～親身感受來估測對方的力量，現在則是更加系統化啦。」

「阿水，你知道自己的靈力值嗎？」

「是呀。不過這是個人資訊，是祕密喔。就算是真紀，也不能說。」

阿水將食指擺在嘴唇上，神祕地眨了眨眼。

「那年齡呢？話說回來，你記得嗎？」

「嗯——關於這個，我就回答個大概。」

「換句話說就是不記得嘛。」

即使如此，現在是連妖怪都要身分證明的時代呀。

墨田區及台東區一帶的妖怪們所應隸屬的「淺草地下街妖怪工會」福利很好，每年也都會提供一次定期健康檢查。而在淺草也有好些專看妖怪的醫院或醫師。

「唉喔，對了對了，牛嶋神社的牛御前大人剛好有跟我訂茶，所以呢，影兒，拜託你跑腿一下囉，記得順便幫我致個意。」

「欸～～～～～」

阿水想將需要送去的袋子強迫推給影兒，但後者堅決抵抗。

「為什麼老是我！我已經不想再出門了！」

「因為你現在列入我名下扶養，而且我給你飯吃，這點小事你至少要做吧。」

「不要高高在上地命令我！你這個臭阿水！」

「好啦好啦，影兒不想去，那我去好了？我也想見牛御前。」

我介入兩人的爭吵不休，從阿水手中俐落抽走袋子。

「真紀，妳等一下！我真的覺得妳不應該這樣寵壞他，妳從以前就對老么特別寬容。」

「有嗎？不過他之前才遭受嚴重攻擊，搞不好傷都還沒全好。」

「所以呀～我是說那真是太令人羨慕了！」

阿水略為激動地說些莫名其妙的話，另一方面，影兒則渾身發顫地不住搖頭。

「什麼，讓茨姬大人去跑腿，這種事絕對不可以！那我去！就算是隅田川我也游過去給你們看！」

「影兒，結果你到底想怎樣？」

「哼，阿水，閉嘴。你想阻止我跑腿，我就宰了你喔！」

「好好好……真受不了。」

阿水傻眼地搖搖頭，邊用捶肩棒敲自己肩膀。

最後變成我陪著影兒去跑腿，算是圓滿收場。

「嘿咻，抓到小麻糬了。」

「噗咿喔～？」

我將東倒西歪地四處走動的小麻糬從背面一把抓住。小麻糬將翅膀前端塞進嘴裡，一副搞不清楚狀況的困惑模樣。好乖好乖，真是好孩子。

「路上小心。不要因為夏天白晝很長就晚回家喔。百鬼夜行之後，很多外頭的妖怪和陰陽局的傢伙似乎整天在附近轉來轉去，真紀，是在打探妳的消息喔。」

「……嗯，我之前有次也被幾個奇怪的傢伙攻擊了。我會注意的，沒問題。」

「真的嗎！沒問題吧？還是我也跟著去好了？」

「阿水你要看店吧。」

在阿水過度擔憂的目送下，我和影兒離開藥局，轉進最近的商店街。

「……」

周遭的視線讓人非常不自在。

來往的觀光客用一種稀奇目光頻頻瞄向這邊，那並非出於我抱著一隻企鵝寶寶，而是因為在意影兒。

影兒身穿黑色浴衣，腳踩木屐，這副打扮在淺草並不至於引起過分關注，但是，露在眼罩之外的金色左眼，看起來相當異於常人。

聽說在淺草地下街妖怪工會發放的書面資料上，影兒的個人資訊是寫十八歲的自由工作者，不過他的外表看起來應該更小吧。

「茨姬大人的家在這附近嗎？」

「對喔。這邊直走到底的商店街上的破爛公寓。再過不久，馨就會搬到一樓來，我有一點期待。那傢伙也開始一個人生活了。搬家時影兒也要來幫忙喔。」

「當然！之前我不知道他是酒吞童子大人的轉世，還……攻擊他。我想要彌補過錯，只要在能力範圍內，我什麼都願意做。」

上個月的那場騷動在他心中留下罪惡感了嗎？影兒一臉歉意，垂頭喪氣的。

別看影兒這樣，過去他對茨木童子的老公酒吞童子也是非常仰慕。

「沒事沒事，馨已經恢復了，而且完全沒放在心上的樣子，今天也是幹勁十足地打工去了！」

我大力拍著影兒的後背，害他輕輕咳了起來。

「噗咿喔～？」

「嗯，怎麼啦？小麻糬。」

淺草寺這一帶十分熱鬧，有數不清的商店街圍繞著淺草寺向外開展。往正西方延伸出去的「淺草西參道商店街」，擁有日本也難得一見的木板路。正當我們經過那裡時。

小麻糬用右邊翅膀指著某間店。

「……菠蘿麵包。」

寫著大大的「菠蘿麵包」的招牌躍入眼簾。這裡就是原本為蕎麥麵店，結果巨無霸菠蘿麵包卻意外暢銷的淺草名店「花月堂」總店。

「啊啊……剛出爐的菠蘿麵包好香。」

其實，淺草最近有點變成菠蘿麵包的聖地了。

是因為麵包對外國人來說也很容易接受嗎？專程為此而來的觀光客也相當多。深入脾肺的香氣在街道上飄蕩開來，吸引過往行人停下腳步。實在是太罪孽深重了……

「小麻糬，你想吃菠蘿麵包嗎？」

「噗咿喔咿喔、噗咿喔咿喔。」

小麻糬激動地上下拍動翅膀，叫個不停。

嗯，我也想吃。影兒的視線也緊緊盯著排在櫥窗裡的菠蘿麵包。

「影兒也要吃嗎？我要買好幾個，就一起吃吧。」

「怎、怎麼可以！居然讓茨姬大人買給我，這太不像話了。」

影兒的手在臉前不停揮動，慌忙掏出自己的小零錢包，但裡頭只有三個十圓和兩個一圓硬幣……

影兒用和服袖子遮住雙眼，抽抽搭搭地哭了起來。

「你不用客氣喔。你是我可愛的家僕呀，平常我都把你丟給阿水照顧，偶而我也想盡盡主人的責任。話說在前頭，我請客的機會相當難得喔。」

「那、那就……太榮幸了。」

影兒一臉深受感動的表情。不過對於要讓我出錢這件事，似乎還是會讓他感到自己相當沒用。

「我知道了，那就大家一起分一個，當作先試吃伴手禮的味道如何吧。」

「咦？」

「影兒，你抱一下小麻糬。」

我立刻到店前的隊伍後方排隊，店員問我：「你是要馬上吃嗎？」

這裡有賣剛出爐讓客人立刻食用的，還有已經放涼可以讓客人帶回家的兩種菠蘿麵包。

注意事項上寫著，剛出爐的菠蘿麵包十分柔軟，形狀容易潰散，放涼的比較容易維持原形狀，也不會結水氣。

「嗯——那就剛出爐的一個，放涼的三個。」

放涼的三個是給牛嶋神社的牛御前的伴手禮，剛出爐的是我們自己要吃的。

其實淺草寺附近禁止邊走邊吃，不在店裡吃，就必須找地方坐下來……

「平日傍晚的話，那邊肯定沒人吧？」

淺草寺境內，面向正廳右邊的角落有一排石長椅。

可以在這裡吃淺草寺境內購買的食物，成了能夠暫時小憩的休息區。我們在那裡坐下來，立刻將菠蘿麵包從袋中取出來。

表面餅乾麵糰上顯現清晰的凹凸紋路，膨脹成巨大半球體的剛出爐麵包。

和視覺上的酥脆印象相反，口感十分輕盈而柔軟。

「啊。用手指壓過的地方，一下就碎掉了。因為我力氣有點太大……」

「不過菠蘿麵包就是菠蘿麵包喔。你看，裡面的麵包體……還是熱呼呼的。」

「唔咕。」

我將分成三等份的其中一塊麵包塞進影兒嘴裡。小麻糬也早就不停左右搖晃我的膝蓋，吵著要吃，所以我將他抱到大腿上，撕成小塊餵他。

「好吃……」

麵包的美味似乎讓影兒感到十分衝擊，他頓時睜大單邊的金色眼眸。

雙手捧著菠蘿麵包，像小動物一般小口小口吃著，這副模樣十分討人喜歡。

我是兩口就解決了……

「影兒，難道你還沒有吃過菠蘿麵包嗎？」

「對，我之前一直以魔淵的身分躲在鎌倉的河裡，妖怪們拿來的食物通常都是飯糰、魚、漬菜，還有酒。」

「現在呢？你已經在阿水那邊過一般人類的生活了吧？」

「阿水煮的菜不是辣的，就是加了苦味藥草。現在我老吃這種東西。」

「啊啊，因為阿水是在中國出生的，喜歡中華料理，以妖怪來說，算特別愛吃辣呢……所以影兒是第一次吃菠蘿麵包呀。這個真的很好吃，對吧？」

「對。上面像是龜甲的部分烤得好香，但裡頭又像棉花一樣鬆軟，又不會太甜，感覺一下就能吃完。」

「我是一瞬間就會吃光，每次都被馨嫌棄。不過呢，淺草有賣菠蘿麵包真好。」

就連偏愛和菓子的我，放學時偶爾也會想要大口享用一下。外頭的餅乾質地又酥又脆，令人無法抗拒。

「那個……小麻糬從剛剛就很安靜耶。」

癱坐在我腿上的小麻糬，鼻子已經冒出打呼泡泡，身體不住前後搖擺了。

「這隻鳥……睡著了嗎？」

「好像小嬰兒喔，一吃東西就立刻想睡覺。」

我將黏在小麻糬嘴邊和毛茸茸肚子上的麵包屑拍掉，再將他抱起來。

「那麼，我們差不多該去牛嶋神社了吧。雖然都在淺草，但現在有些奇怪的妖怪，甚至還有奇怪的人，社會不太安寧呢。」

「要是發生什麼事，我會為了保護茨姬大人而奮勇戰鬥的！」

「不可以喔，影兒。你已經被陰陽局盯上了，必須乖一點才行。」

「啊，是……」

「沒關係，我會保護你的。」

我拍了拍影兒略為縮起的後背。他坐在椅子上，抱著雙膝又抽抽噎噎地哭了起來。

走「言問橋」橫越隔開台東區和墨田區的隅田川後，立刻就會抵達目的地牛嶋神社。從這座言問橋上，能夠在毫無巨大遮蔽物的情況下，仰望高聳雲端的東京晴空塔。

「你看，黃昏時的晴空塔很美吧。我很喜歡晴空塔。」

太陽下山後就會點燈的這座無線電視訊號發送塔，在夏季的此時仍是清淺的銀色，像要融進天空色彩般地佇立。

「好巨大的建築物呢。我第一次看到時嚇了一大跳，差點從空中摔下來。」

「影兒，你在鎌倉的河流中躲了好幾百年，當然會嚇一跳囉。」

「現代事物真是接二連三地令我吃驚。我是如此地被時代演進遠遠拋在後頭，那件事之後，我終於深深體會到這點。」

影兒用僅剩的那隻眼睛，凝視著昂然立於漸暗天際的銀色高塔。

似乎透著幾許寂寞，然而確實懷抱著小小感慨，過於純粹的金色眼眸。

白晝漫長的夏日，現在時至傍晚，我們跑過橋面，微暖強風吹拂，讓我的柔順紅髮和影兒的纖細黑髮在空中飄揚翻動。

「影兒，接下來才是重點喔。只要今後你走到陽光下，慢慢知道更多事物就行了喔。不管誰批評你，我都會站在你這邊的。」

「……茨姬大人。」

影兒直直地望著我，又露出淺淺的微笑，點了點頭。

「好！等我在阿水的店賺到零用錢，我也要奢侈地回請茨姬大人菠蘿麵包！」

「就是這個氣勢。等你開始能在這裡賺錢，就是足以自豪的淺草妖怪啦。」

他坦率的個性從千年前就不曾改變。正因如此，這孩子居然會心懷如此深重的怨恨，引發那

場大騷動，這件事我到現在都感到不可置信，

但那確實是這孩子往後必須以妖怪身分背負的一項罪孽。

牛嶋神社是人稱「本所總鎮守」、地位崇高的一間神社。

也是東京晴空塔的氏神。越過入口的第一座鳥居，就能夠清楚地看見晴空塔。

「一──二──酸──木──頭人。啊──？」

「不動如山……」

棲息在隅田川的綠色生物。

不是啦，是手鞠河童們正在神社境內的神木下玩「一二三木頭人」。

還有一群曾在哪兒見過的牛鬼們，神情已無暴戾之氣，正在打掃或修理神社屋頂。那個不就是……在合羽橋的地下工廠，強迫手鞠河童進行違法嚴苛勞動的那些牛鬼嗎？

這麼說起來，是牛嶋神社收留了他們呀。

真沒想到會在這裡又同時看到手鞠河童和牛鬼們。

而且手鞠河童還朝他們吐口水，輕蔑地說：「工作更俐落點。」我決定當作沒看到這瞬間的霸凌場景……

突然，風裡飄來令人懷念的往昔香氣，我們不禁將視線轉向位於牛嶋神社本殿前方、知名的「三輪鳥居」。

聽說這種鳥居十分少見，是在一般的鳥居兩側，分別再連結上稍微低一截的鳥居建造而成。

「……啊，前面有人在參拜。」

在拜殿前方，有人正專心地祈禱。

仔細一瞧，那是我們學校的制服。只看到背影，不曉得臉長什麼樣子。

我和影兒穿過三輪鳥居，在手水舍清潔過手，就在制服男生的稍後方停下腳步排隊。

制服男生從剛剛就一直叨叨絮絮地祈禱。

「牛嶋神社的牛御前大人，為了擁有悠久歷史的我們明城學園ＵＭＡ研究社的名譽，無論如何請在學園祭時賜給我發表研究的機會，並讓我將那個惹人厭的副會長堵得一句話也無法回嘴。請將神明的力量借給我～」

……ＵＭＡ研究社？他用力鞠了個躬，驀地轉向這邊。

「嗚哇，喔，不好意思，我剛剛講了很久對吧……真是不好意思。」

接著就慌慌張張地頻頻低頭道歉。

「咦？啊……茨木！」

那個男生脫口說出我的名字。

是一個極為普通的人類，並不像想攻擊我的妖怪。

應該是我們學校的學生，不過還是要問……誰呀？

「啊啊，接下來是淺草寺，我得趕快去參拜才行。」

這個人是在尋訪各地神社和寺廟嗎？他快步離去。

他到底是怎麼回事呀……？

「那是人類吧。茨姬大人，妳認識嗎？」

「嗯～？是同校的學生，但我不認識～」

他剛剛是在拚命祈求什麼呀？嘴裡念著學園祭什麼的。

應該就是指九月的明城學園學園祭吧？

「這樣說起來，擔任班級委員的由理也因為學園祭的關係，最近看起來很忙碌耶。」

「學園祭是什麼呢？茨姬大人。」

「就是學校裡的祭典喔，也有些學校稱為文化祭。會舉辦各種活動，讓文化性社團發表平日成果……擺攤賣食物，到處去逛去吃，吵吵鬧鬧、偶爾脫序挨罵，因為太年輕而衝動地向根本不喜歡的對象告白之類的。」

「哦——」

「影兒也跟阿水一起來玩吧，每年也都會有鬼屋喔。」

「鬼屋？」

「嗯、就是……要用假扮的妖怪嚇到你們這些真正的妖怪，難度相當高就是了。啊，不過也有女裝大賽，那個有夠好笑的喔。」

我們聊著學園祭的話題，將原本正要參拜這件事都拋到九霄雲外去了。

老實講，我差點就要順口說出「回家吧」這句話了，不過……

「等、等一下啊！人都來這了，不找我實在說不過去吧，母親大人！」

「啊……牛御前。」

叫住我們的那道尖細聲音，來自將淺桃色長髮編成三股髮辮，眼神柔和的美麗女神。是說，最先抓住目光的是那對傲人雙峰就是了……

她身穿長下襬的輕薄和服，桃色羽衣，頭上的牛角是顯眼特徵。

順帶一提，她還有牛尾巴。

「妳難得這麼久才來看我一趟，居然連聲招呼都不打，太過分了！」

「抱歉抱歉。」

她鼓起雙頰，氣得要命，我向她遞出裝有菠蘿麵包的袋子。

「拿去，菠蘿麵包，伴手禮喔。牛御前，妳喜歡麵包對吧？」

「啊，我最愛了，特別是加了很多牛奶的。啊，這個菠蘿麵包，是上次午間綜藝節目中專題介紹的厲害麵包……」

……輕鬆搞定女神。

雖然是連午間綜藝節目都會定時收看的現代化女神，但在這一帶擁有相當大的影響力。

關於這位牛御前的「牛御前傳說」。

是流傳在各種文獻中、相當有名的傳說，也成為傳統戲曲「淨琉璃」的題材。

時節是平安時代。

在源滿仲這位名門世家的家中，有位歷經三年三個月懷孕期間才誕生，長著牛角和牛尾巴的女兒。源滿仲認為這是天譴，內心十分害怕，便打算下手殺害她，但好心的「某對妖怪夫婦」將這個女孩救走，在山林間悄悄地把她扶養長大。

不過，源滿仲並沒有放棄殺害自己的親生女兒。

令人難以置信地，他命令自己的兒子，平安時代最強的退魔師源賴光去殺害自己的女兒。遭到親生父親和兄長追殺、命運乖舛的她一路逃到了現在稱為關東地區淺草的地方，最後被逼得走投無路，只好投身隅田川。受到隅田川眾神明和妖怪們的鼎力相助，才好不容易將賴光的軍隊趕跑……

後來，她想要對拯救自己性命的這塊土地報恩，就以牛御前的身分，成了供奉在牛嶋神社的鎮守神。

順帶一提，在剛剛那個故事中出現的「某對妖怪夫婦」，就是酒吞童子和茨木童子。

換句話說，我在前世曾經從人類的魔掌中，將牛嶋神社的這位女神救出來，並視如己出地撫養她一段時間。

所以她到今天還是稱呼我為「母親大人」，十分仰慕我。

原本明明是誕生成人類的孩子，卻成為妖怪，即便受人瞧不起，遭到追殺，也要活下去，克服萬難地活下去。歷經千辛萬苦最後來到這塊土地，現在可是鎮守這一帶的神明，受到世人供養，令我驕傲得不得了呢……

「母親大人，之前我的後代似乎給妳添麻煩了呢。現在我在這裡會好好管教，請妳放心。」

「嗯、嗯，我剛剛就有留意到，神社裡四處都有牛鬼在進行整修工作耶，表情都十分開朗。」

這裡的那些牛鬼之前在合羽橋建造了一座祕密地下工廠，用極為低廉的薪水強迫隅田川的手鞠河童們如同奴隸般艱苦工作。身為和手鞠河童來往深切的女神，還有牛鬼的祖先，牛御前挺身而出，接下訓練他們改過自新的重大任務。

「那個當然是嚴加管教、拳打腳踢，每天嚴格教導的結果。」

「妳跟以前一樣是個虐待狂耶。到底是像誰呀？」

「呵呵，必須要讓他們親身體會才能明白隅田川可愛的手鞠河童遭受過的痛苦對待呀。」

牛御前四周的氣息改變了。

散發出如神明般的凌厲神力，刺激著這裡的牛鬼們。

但那些牛鬼莫名興奮地顫抖，看起來很高興的模樣……咦，這個空間是怎麼回事？

「話說回來，牛御前，妳居然有後代，嚇我一跳。我記得妳不是獨身主義嗎？」

「……」

氣氛又變了。牛御前僵在原地，目光充滿哀愁地望向遠方。

「母親大人，妳怎麼戳人家痛處啦。我以前也曾深愛過一個男人，沉浸在愛河之中，有段不懂事的青春時代……」

「……不懂事的青春時代是？」

「現在不依靠男人，身為女神獨自堅強地努力守護晴空塔和隅田川……這也是一種幸福。雖然吉原神社桃花不斷的弁財天老是笑我……說我已經喪失女性魅力了。」

「以母親的立場來說，我也是有些擔心妳這點……」

嗯——感覺起來像是因為在過往戀情遭遇創傷而退縮。

「我好羨慕母親大人，居然能和像父親大人那樣專情又出色的男人再次相識相戀。我也想要那種天註定般的緣分。父親大人是理想老公喔，他今天沒有過來嗎？」

「妳爸爸？他正在附近的拉麵店打工，結束後才會碰面。」

「呵呵，妳們夫婦感情還是這麼好呢。」

「啊哈哈，有嗎——」

要是馨在這裡，肯定會立刻反駁：「只是家有母老虎啦。」

「對了，我從剛剛就一直有點在意，母親大人身旁這位難道……難道是八咫烏深影大人嗎？」

「妳、妳現在才發現嗎！」

遭到忽視這麼久，深影看起來臉色不太和悅。

過去曾是茨木童子四家僕之一的深影，和牛御前也認識。

當時年紀尚幼，過分活潑像個男人婆又是虐待狂的牛御前，曾經將烏鴉羽毛一根根拔下。深影不曉得是不是想起這件事，整個人相當戒備。

「噗咿喔～噗咿喔～」

在我懷中的小麻糬突然奮力揮舞翅膀，想要掙脫。

比起我們的對話，他似乎對神社境內的手鞠河童更有興趣。

「影兒，你幫我看著小麻糬，我有些話要跟牛御前聊一下。」

「是，我知道了。」

我將小麻糬放到地上，他左搖右晃的走路模樣十分惹人憐愛，正朝著在神木底部玩一二三木頭人的手鞠河童們前進。不過，他想加入卻不知該怎麼做、傻在原地的身影有些無助……

影兒見狀，在旁手心冒汗地關切，小聲喊：「加油呀，鳥寶寶。」

不管怎麼說，兩人像是年齡差距甚大的鳥類妖怪兄弟，畫面溫馨得令人不禁微笑。

「啊，對了，牛御前，這是千夜漢方藥局要給妳的。都忘了妳訂的茶。」

我從單肩書包中取出包好的茶，遞給牛御前。

「啊，謝謝。母親大人，妳是特地送過來給我的嗎？」

「原本阿水是叫影兒跑腿啦，但我和影兒想跟妳好好聊個天。」

「……母親大人，妳都沒變呢。」

牛御前收下袋子後，從拜殿側邊迅速走出一個身形魁梧的男人。她命令對方「你先去泡茶」。

嗯，這個魁梧男人我好像也有印象，臉頰上有傷，長相兇惡……

「啊啊，你是工廠長！」

「嘿！辛苦了，茨木大姊！」

「……你的氣質好像變很多？」

「嘿！我現在已經是牛御前大人最忠實的僕人。為了本所總鎮守的牛御前大人，我這輩子都會盡心盡力守護隅田川的和平……」

「完全調教成功了耶～」

牛鬼工廠長——元太。春天時我們曾在合羽橋的地下打過一場。

那時他給人的感覺更像是正在幹壞事的惡質大叔，現在卻展露著真誠和善的笑臉。這已經是判若兩人了。

牛御前在拜殿的階梯上坐了下來，像是回想起什麼非常遙遠的記憶，突然這麼說：

「我到現在依然十分感謝母親大人和父親大人。」

「……妳是指千年以前的事嗎？」

「呵呵，嗯，沒錯喔。」

牛御前用袖子掩住嘴巴，清脆地笑出聲。

不過，那道微笑立刻又染上憂傷的神色。

「妳們拯救了變成妖怪又差點遭父親與兄長殺害的我，將我撫養長大。除了我之外，還提供許多無處可去的妖怪們一個容身之處，慷慨地付出無限關愛……最後還讓我逃到這塊土地上來。」

「這是當然的呀。妳是我們的寶貝女兒，我們不想失去妳，無論怎樣都希望妳能逃離那些傢伙的魔掌。」

我輕啜一口元太端來的熱茶。

好香。這是……杏桃茶。

往昔就有的香氣，勾起了心底懷念的情感。

牛御前從還是那個小小的牛公主時，就很喜歡杏桃了。

「母親大人，我覺得有些不可思議。你們再度出生在這個世界，又像這樣相遇了。」

「牛御前，妳是神明，還會有覺得不可思議的事情喔？」

「……嗯，當然。畢竟你們是同等於眾神……不，擁有超越眾神力量的大妖怪。就算是我們也不可能預測妳們的命運。」

「……命運，呀。」

「不過，倒是能夠想像。舉例來說，要是你們在平安時代繼續存活下來，肯定已經改變了現世中妖怪們的立場了吧？」

「……」

「這裡雖然是人類的世界『現世』，但酒吞童子和茨木童子這一對鬼夫婦，是曾有機會能扭轉歷史的人物。譬如說，如果你們沒有輸給源賴光和安倍晴明，如果死得再晚一點點……如果你們擁有繼承這道血脈、真正的『孩子』……現世或許早就成了妖怪的世界了。」

「呵呵……別開玩笑了啦，牛御前。」

我忍不住露出諷刺的笑容。

因為就算暢聊遙遠昔日或是假設性話題，也不保證就能在這輩子得到幸福。

「抱歉，母親大人，但是……我有一點不安。」

「……不安？」

牛御前抬頭望向天空，接著，她紫羅蘭色的眼眸不住左右晃動。

簡直就像以神明身分，察覺到某種預感似的。

日暮時分的天空漸漸染上夜晚的氣息，空中出現閃爍的星星。黃昏結束了。

欸……究竟是對什麼感到不安呢？

「喂！」

突然，風的流動……盈滿神社的靈氣氣息改變了。

「啊……那傢伙。」

在參道盡頭，站著一個狠狠瞪著這邊、打扮像小混混的少年。

稍長的橘髮在後方整齊綁成小小一把，鈕釦全開的制服襯衫下，露出寫著「無敵」兩字的鮮豔紅色T恤。

在各種意義上都令人感到刺眼的出場方式。

我記得那傢伙的名字是──對了，津場木茜。

在上次的百鬼夜行碰過面，他是陰陽局的退魔師。他背上掛著竹刀袋，但當時也帶在身上、專門對付妖怪的刀肯定也放在裡頭吧？

「等等，你幹嘛瞪我們呀。是說，你從什麼時候開始站在那的？」

「嘖。少囉嗦。」

那傢伙態度有夠差。不過他倒是規規矩矩地朝著鳥居底部行個禮，再走向參道旁，先到手水舍洗手，才終於過來這裡。

「我只是被青桐叫過來這裡的。茨木真紀，妳來陰陽局一趟，我們有話要問妳。」

「……」

這、這落差實在太大了吧……

我心裡暗想。津場木茜似乎察覺到了，「妳覺得剛剛我那樣很突兀吧……嘖！」說完還咂了咂嘴。他自己有感覺呀。

「好啦好啦，這不是茜嗎？你放學回來了呀？」

「……嗯，牛御前大人，這是供俸的點心。」

讓我驚訝的是，牛御前認識這小子，態度一派自然。而且津場木茜也理所當然似地將點心遞給牛御前。

「牛、牛御前……妳認識這個不良退魔師嗎？」

「呵呵呵。因為晴空塔有陰陽局的分部呀。茜隸屬那裡，我又是晴空塔的氏神。」

「等一下，牛御前，妳幹嘛跟過去的敵人這麼要好！」

「喔呵呵，現在時代不同了喔，母親大人。打好各種關係是很重要的。」

我們聲音大了起來，影兒見狀也抱著小麻糬回到這邊。

津場木茜瞥了一眼影兒的方向，又咂了一下嘴。

「喂，少在那邊囉哩囉唆的，快點跟我走。那邊那隻烏鴉也一起帶來喔。」

「……陰陽局找我們去，就代表『深影』的處分已經確定了嗎？」

「……」

我和這傢伙的目光撞上，稍微沉默了片刻。

「不過呀，橘子頭小鬼。」

「橘子頭小鬼！」

「我正在和牛御前談話。你不要光是命令我，去向牛御前取得許可如何呀？畢竟她是關照你們單位的氏神吧？」

我擺出符合前大妖怪的奸詐表情，不懷好意地笑了笑。津場木茜似乎對我這個反應相當火大，但倒是十分坦率地轉向牛御前。

「……不好意思，牛御前大人，可以跟您借一下茨木真紀和八咫烏深影嗎？」

「真是沒辦法呢。既然是你的希望，我自然不能置之不理。雖然我還想再多聊一會兒，有點遺憾，但你就帶她們走吧。」

「什麼？牛御前，妳這麼簡單就把我們賣了？」

牛御前「喔呵呵」地笑了，已經準備要撕破起士舒芙蕾的包裝紙。

……沒、沒辦法。牛御前跟某個人好像，對於食物完全沒有抵抗力。

「我一定會補償您。」

出乎意料地，津場木茜的態度相當恭謹。

牛御前點點頭，轉向正站起身整理制服裙的我。

「母親大人，下次請再和父親大人一起來喔。」

「……如果我有從陰陽局活著回來的話。」

「呵呵，不需要這麼戒備，沒問題的喔。」

牛御前氣質高雅地揮手道別，牛鬼與手鞠河童們也一起目送我們。

那孩子雖然那麼說，但真的沒問題嗎……？

「喂，快滾上車。」

「啊，好痛！」

牛御前的話也太不可靠，我立刻就被一腳踹進停在神社前的漆黑車子。你看看，多麼惡劣的態度！

「你這人！不准對茨姬大人動粗，我宰了你喔……！」

影兒對這一幕感到相當憤慨，但津場木茜也不服輸地狠狠瞪回去。

「啊啊？你這隻混帳烏鴉，你是不曉得我們已經對你格外施恩了嗎？你要是敢稍微輕舉妄動，我就不由分說地砍你。」

津場木茜的靈力緊繃起來，令人明白他的話是認真的。

我好言安撫影兒。

「影兒，你先變成一隻小烏鴉，這是命令喔。」

「可、可是，茨姬大人……」

「沒問題。我已經是人類了呀……」

影兒在我的命令之下，變成力量會遭受限制的模樣，三隻腳的可愛小烏鴉。

在這股緊繃的氣氛中，只有小麻糬「噗咿喔」地叫著。剛剛一直抱著自己的人突然變成一隻烏鴉，他嚇了一大跳吧。

……坐在前方座位上的津場木茜，從後照鏡瞪著這邊。

我將兩隻可愛的小鳥妖怪放在大腿上，用力抱緊。

這輩子，一定要獲得幸福。

只要沒有忘記這個目標，應該就能自然明白自己該守護的是什麼。

可是……

誰受得了被區區人類支配。

這股憤慨，果然到今天還是在我內心鼓譟。

第三章 陰陽局東京晴空塔分部

東京晴空塔東塔。

「東京晴空塔」是東京的象徵性地標，也是一座無線電視訊號發送塔，東塔則是與其相連的複合型高樓層辦公大樓。

聽說陰陽局的「東京晴空塔分部」就在裡面，不過……

「等一下，這是怎樣？」

在二十二樓轉搭電梯時，津場木茜在我背後貼上可疑的黑色靈符。

動作粗魯，啪地用力貼上。

「在這裡的期間都要貼著這個。是說啦，沒有這個就進不了陰陽局。」

超級詭異的，在寫著各樓層辦公室和店舖名稱的看板上，沒有陰陽局分部的名字，它存在於二十八·五樓這個祕密樓層。

津場木茜應該預先持有進入那裡的權利，但我要進去就需要記載了許可命令的靈符。

見識到這種高端技術，原本令我佩服得五體投地的淺草地下街辦公室的保全系統就顯得太落伍了……

到了。電梯理所當然在二十八・五樓停了下來。

踏出去，沿著一條直通到底、冷冰冰的空蕩走廊直直向前走，就會看見標有晴明桔梗印的大門。

「這個，是密度極高的結界呢。三重？不，五重？」

使用了道家九字箴言的結界，經過數位化處理，展開五重各自稍微錯開的結界。

比起古早時代的結界更薄更堅固，又節省能量。現代科技真是了不起耶。

「哼哼，很厲害吧，不管多大牌的妖怪也穿不過去的。」

他得意洋洋地將手擺在門前，大門就像自動門般滑開。

似乎是一感應到陰陽局成員的靈力就會打開的設計。

「歡迎妳來。」

在門的另一頭等待著我們的是，一位身穿商用西裝、外表整潔清爽、戴著眼鏡的青年。

我有這個人的名片，記得名字是叫青桐拓海……

他也是隸屬於陰陽局的一位退魔師。

或許是留意到我打量般的視線，青桐露出和善親切的笑容。

「好久不見了，茨木真紀小姐。百鬼夜行時，謝謝妳照顧我。」

「……連名字都調查得一清二楚了呀，當時我應該沒有報上名字才對。」

津場木茜剛剛也是直接叫我的名字，要說是理所當然的確也是這樣沒錯……

我語帶諷刺，因此青桐苦笑著摸摸後腦勺。

「不好意思，像這樣突然找妳過來，當然會讓人戒備呢。不過請妳放心。我們不會加害於妳，畢竟東京的陰陽局可是打著親妖派的招牌。」

「親妖派？可是，你們明明把鎌倉妖怪趕出家園了吧？所以淺草才會發生這麼多問題。」

「不……那個，都同樣打著陰陽局的名號，我沒辦法多做辯解。但實際展開那場行動的是京都總本部的成員，總本部裡有許多夥伴相當激進。」

「……」

站在肩膀上、化身為小烏鴉的影兒，也一直狠狠瞪著青桐。

關於這件事，影兒絕對無法無視。

「在這裡聊不太方便，請跟我來。」

青桐領著我們移往大門的另一側，又是另一條走廊。

「……有人在看呢。」

我能感覺到不曉得從何而來的無數視線，還有亢奮激化的鋒利靈力。雖然沒在走廊上遇見任何人，但大家肯定是躲起來偷窺。不過……

「我從剛剛就一直超想問，那隻企鵝是怎樣？妳快點還給墨田水族館啦。」

走在我斜後方的津場木茜，總算問起小麻糬的事了。

「剛剛這麼長一段時間你明明什麼都沒問。」

「光是要拖妳過來就耗盡我吃奶的力氣了呀！」
……哦。這傢伙一直處於爆炸邊緣，原來也是相當拚命呀。
說到底他也還是個孩子呢。也有討人喜歡的地方吧。
「這隻其實是月鶫。對吧？小麻糬。」
「噗咿喔～」
我舉起小麻糬的翅膀，上下拍動。你——看，這麼惹人憐愛。
「什麼！這一隻原來是月鶫嗎？變身變得很好耶。真棒呢。好可愛喔。」
原本走在前頭的青桐驀地轉過身，出乎我預料，相當興奮地看著小麻糬。
小麻糬朝著青桐伸長脖子，青桐很自然地順手抱起他，展露溫暖笑顏，撫摸毛茸茸的小麻糬。
……這個人，明明是陰陽局的成員，卻喜歡妖怪嗎？
「拜託，青桐，那傢伙雖然外表很萌，但還是變過身的妖怪喔！不要隨便摸他。你真的是喔，不曉得哪一天會遭到詛咒！」
「哪會，有什麼關係啦，茜。我們的職責也不是只有驅除妖怪，應該要多去認識妖怪，和他們交流——你看，好可愛喔！」
「嘖！拜託，你不要把妖怪對著我！」
津場木茜和青桐不同，似乎是打從心底討厭妖怪。

與其說是討厭，或許該說是不擅長應付吧。即使是像小麻糬這麼可愛的小寶寶，只要一靠近他，他就立刻臉色發白。

「啊啊，不好意思，我就是對這種可愛的妖怪沒轍。請往這邊走，在那張沙發上坐下。」

剛剛全心放在小麻糬身上的青桐，發現我呆站在原地不動，將我指引進一間房間。

那是一間極為普通、整潔的小型接待室。

但空氣中飄盪著不相襯的線香氣味，四個角落還擺著驅魔用的錐形鹽堆……

結界毫無遺漏地包圍各處。我怎麼可能沒發現呢。

「我就單刀直入地問了。茨木真紀小姐，妳……真的是茨木童子的轉世嗎？」

青桐的第一個問題，就是一顆好球帶正中間的直球。

「哼，我就已經姓茨木了吧。簡單來說，就是這樣。」

「不，那或許是偶然或有其他原因……總覺得真是驚人耶。」

「我也對自己的姓氏是茨木這件事，有一種命中注定的感覺。」

我一臉得意地說著無足輕重的內容，同時在胸前叉起雙手，盤起腿。而影兒依然待在我的肩上。

順帶一提，小麻糬在我旁邊大口舔著他們準備的棒棒糖。

「我反倒想問你……我該怎麼說，才能證明我的前世是茨木童子呢？要是我現在說我不是，你們就會放過我嗎？」

「……抱歉，我的問法不好。不，那個……妳是茨木童子轉世的這件事，憑藉前家僕八咫烏『深影』的證詞，還有我們接收的那把茨木童子的大太刀『瀧夜叉姬』的存在，已經得到證實了。」

「啊，對了！瀧夜叉姬是我的刀，還來。」

我不抱希望地伸出手，果然遭到津場木茜怒吼：「不可能，白痴！」

「真抱歉，但那把大太刀我們不能還妳，這一點，就算證明妳是茨木童子的轉世也一樣。」

「對啦，而且也稍微違反了槍砲彈藥刀械管制條例呢……所以咧，結果是要我怎麼證明？」

「請讓我們測量妳的靈力值，再與歷史上留存下來的茨木童子的靈力值紀錄做對照，就有證據能夠證明。」

「用靈力值……當證據證明？」

我轉生到現世後雖然沒測過靈力值，但阿水提過他定期去做的妖怪健康檢查，最近也會量靈力值。

「無論是人類或妖怪，個體所擁有的靈力最大值，基本上一生都不會改變。因此加入工會的妖怪都會測這個數值，身分證明或確認本人時會需要用到。妖怪是能夠變身的生物，所以必須藉由靈力值是否相符來確定身分。這個數值，也是為了用來保護認真生活的妖怪們。」

「……嗯，原來如此。」

來龍去脈我懂了，但突然想到一個不可思議的點。

「……嗯？不過仔細想想，你們為什麼會曉得茨木童子的靈力值呢？茨木童子生活的那個時代，又沒有靈力值這種概念。」

「……」

聽到這個問題，青桐和津場木茜對望了一眼。這是什麼反應呀？

「那是祕密。」

然後，青桐露出微笑，眼鏡反射著異樣的光芒。

「那麼，測完數值之後，你們要對我做什麼？難道是把我關進某間研究設施，從早到晚在我身上做一大堆實驗……我昨天才看了這種外國影集喔！」

「嘖。妳這女人的被害妄想也太嚴重了吧。量完數值後就沒妳的事了啦，接下來就要聊聊那隻烏鴉今後該怎麼處置。妳是他的主人吧。」

「津場木茜，你缺鈣嗎？」

「妳說什麼？我每天都有喝咖啡牛奶！」

他果然又立刻瀕臨崩潰，狠狠踢了桌子一腳，真是個習性不良的小混混。「喂，茜！」青桐厲聲制止。

「好呀沒關係，既然你們這麼說，那就來量我的靈力值……不過要怎麼量呢？」

「關於這一點，是要用這個！」

青桐難掩得意神色，眼鏡閃耀光芒，「咚」一聲從桌下拿出一個巨大而表面光滑的圓盤。

寫著文字和記號的四方形板子上，擺了一個略有高度的圓盤。圓盤中心鑲嵌著灌入高密度靈力的特殊水晶體。

「……我知道這個，是陰陽師使用的式盤吧？」

過去，曾有位使用這種東西的陰陽師……

上輩子的事了。我的體質天生就容易被眾多妖怪盯上，或者遭惡靈附身，那個人是從小時候就一直保護我的陰陽師。

那位大名鼎鼎的安倍晴明。

明明一開始是我相當倚賴的恩人……最後卻成為我的仇敵。

「正如妳所說，這是式盤。不過這和平常的式盤不同，裝載了特殊機能，只要生物觸碰中央那顆水晶，就能夠測量他的靈力值，是個數位式盤……」

「簡單來說，就是要我摸這裡？」

「嗯，只是需要一點本人的血。」

「好呀，沒差。」

雖然青桐似乎預先準備了細針，但我毫不遲疑地咬破自己的大拇指，在鮮紅血液湧出後，將大拇指按到式盤的水晶上。

姑且不論青桐，就連那個津場木茜，都露出緊張的神情。

「沒、沒事吧……看起來很痛耶。」

「這點小傷沒什麼。話說回來，津場木茜，你幹嘛擔心我？」

「什麼？我才沒在擔心。」

「啊哈哈，茜看到女生受傷就會覺得難受呢。」

「哪、哪有呀！才不是這樣！」

這小混混到底是在害臊還是在生氣？實在叫人搞不懂。

比起喝咖啡牛奶，這傢伙更應該多吃點小魚乾吧。

「是說，現在受了傷，回家後不曉得馨會怎麼說……」

聽到我脫口而出的那個名字，青桐的眼神稍稍變了。

他們已經確實掌握住在百鬼夜行時和滑瓢戰鬥、又讓深影受重傷的馨的名字了。這是他們也很在意馨的證據。

我的心思飄到這一點上，離開了式盤……

「！」

吸收了我的血的水晶，突然轉為暗紅色，混濁起來。

同時，式盤上的文字發出紅色的光芒，脫離式盤包圍住我。

「這是……」

文字一一黏上我的身軀，像要滲進體內似地逐漸深陷。

測量靈力值？不對，不只是這樣而已。

「嘖……」

大拇指離不開水晶。水晶不肯讓手指離開。

以我的鮮血當作糧食……難道，它正在挖掘我的記憶？

「停！給我停下來！看我的一擊斃命正拳！」

我硬是扯回原本按在式盤上的大拇指，又立刻握緊拳頭，狠狠朝式盤揮出一擊斃命正拳。這是我想要物理性破壞某個東西時會使出的靈力正拳，順便把這裡的氣氛也一舉破壞掉。

想當然耳，式盤伴隨著巨大聲響裂成兩半，水晶碎片四散各地。

青桐和津場木茜張大嘴巴，好半晌發不出聲音。

畢竟連桌子都像劈瓦片那樣裂成兩半了。

「呼……呼……我好久沒認真使出一擊斃命拳了。」

我的拳頭上滿是鮮血。一方面因為硬將大拇指從水晶上拉回來，但主要還是因為那一拳吧……

「喂！」

津場木茜多少有些在意我拳上的血，但還是隔著桌子殘骸一把揪住我的前襟。

「竟然在測量靈力值之前，就把我們的最新型數位式盤砸爛……妳果然是披著人皮的妖怪，從頭到腳都不正常。」

「……」

我什麼話都沒有回，只是定定望著眼前的少年。

超過忍耐極限的人不是我，而是原本一直乖巧待在肩上的影兒。

他驀地從烏鴉變回人形，抓住津場木茜揪著我前襟的那隻手。

「小鬼，不要用斬殺無數妖怪的髒手碰茨姬大人……我宰了你喔。」

金色眼眸透著怒火，閃著異樣的神采。

「嘖，這麼想死的話，我現在就在這裡把你大卸八塊好了。這種危險女人的家僕，果然不應該留你一條生——」

津場木茜狠狠瞪著影兒，輕蔑地烙下狠話。

「妖怪令人作嘔。妖怪最卑鄙了。你知道妖怪害我們津場木家背負著多少詛咒嗎！……既然有可能傷害人類，我隨時都可以用這把『髭切』，把妖怪……」

津場木茜瞄了一眼放在後頭的那把刀。是那傢伙之前老隨身攜帶的那把。

……這樣呀。原來那把刀就是「髭切」。

那是過去砍下茨木童子手臂的名刀，和我牽扯頗深的物品。當時是賴光的手下渡邊綱的刀。

還有，這位名叫津場木茜的少年，對妖怪恨之入骨……

「茜，住手。」

青桐語氣淡然地制止。津場木茜側眼瞥了青桐一眼，似乎還想反駁什麼，但立刻咂了聲嘴，猛然朝沙發一坐。

我也向影兒使了個眼色，他遵照我無聲的命令，再次變身為小烏鴉。

「不好意思，茨木小姐，式盤的狀況好像有點奇怪是吧？」

「哼，你是這樣解釋呀。」

青桐沒有回答，只是靜靜地推了一下眼鏡。

接著從懷中取出手帕和靈符。

「茨木小姐，先治療一下手──」

這個人用我手上的傷口為由轉移話題的瞬間。

「午安──！外送到了！」

一觸即發的緊繃氣氛中，有一個人充滿氣勢地打開門。

黑頭髮黑眼睛、身材修長的美男子，不過手裡拿個外送箱，一身在拉麵店打工的裝扮。

「咦，怎麼會？馨！」

是馨。就連我也嚇了一大跳。

「什麼？怎麼回事？到底是從哪裡闖進來的！」

馨的突然現身似乎讓津場木茜又驚又懼。他立刻翻過沙發，朝馨拔出刀來。

馨的身後有好幾位應該是陰陽局成員的人慌忙追來，將馨團團圍住。

這樣看來，就連這些人都沒能立刻發現馨闖進來這件事。

不過馨本人倒是一臉事不關己的悠哉表情，說著「送你」就將外送箱推給津場木茜。

「……啊？你開什麼玩笑啊啊啊啊！」

惱羞成怒的津場木茜使勁揮刀，將外送箱斜斜砍成兩半，掉落在地。

「裡面的東西已經送達了，沒問題！」

燦笑。

馨燦爛的笑臉雖然迷人，但這個時間點實在不太對……

對於眼前莫名其妙的情況，津場木茜拿著刀氣得渾身發抖，大喊：「什麼？到底怎麼回事？」

既混亂又憤怒的複雜情緒。嗯，也是，一定會如此吧。

「真紀，妳在這種地方做什麼呀。我送外送來給辦公大樓裡的大叔們，結果在轉乘電梯的樓層看到妳……覺得奇怪才趕來找妳。」

馨附在我耳旁悄聲說。我也小小聲地回話。

「哎呀，難道是擔心我出軌嗎？」

「啊？不是這樣……」

馨含糊不清地嘟囔著什麼。

「話說回來，馨，這裡設了很厲害的結界吧？你居然進得來。」

「天底下沒有完美的結界。我爬逃生梯上來時，在半路的牆壁上發現結界的漏洞，大概是緊急情況時避難用的通道？雖然隱藏得很好，但是，總之，我解開九字真言從那裡進來了。」

「……」

「這裡是陰陽局吧？我因為常外送到這棟大樓，早就猜到他們有分部。」

照理說，那個結界應該是眾多現代術師的智慧結晶才對——

結界遭一般人類侵入，陰陽局的成員肯定相當震驚吧？

不過，也是啦。對馨來說，或許並非太難應付的東西。

畢竟馨可是創造出妖怪們至今仍每天活用的高等結界術「狹間」的大妖怪，酒吞童子的轉世。

在妖怪們遭受迫害的平安時代。

流傳著一種說法：是因為酒吞童子創造出了狹間，妖怪才不至於全部遭到殲滅。

「啊啊啊！妳的手！這是怎麼回事，怎麼都是血……！」

馨慢了好幾拍才注意到我的拳頭正汩汩地流著鮮血。

他皺緊眉頭，用原本夾在腰際的漂亮手巾，將我的拳頭包裹得像是戴了手套。馨極其討厭我受任何傷。

然後，馨用暴風雪狂亂呼嘯的冰冷眼神，面無表情瞪著還在觀察情勢的青桐，以及仍舊擺出應戰姿態的津場木茜。

「……把真紀帶到這種地方，到底是要做什麼……讓真紀受傷的也是你們嗎……？」

他的靈力與淡然表面下的怒氣相呼應。
這些傢伙都注意到了吧？那股逐漸逼近的能量。
馨的視線按順序一一掃過青桐和津場木茜，還有聚集在此的其他陰陽局成員。
這麼說起來，馨不認識青桐和這個橘子頭小混混。
「馨，冷靜，不是很重的傷。」
馨要是真的動怒，我就麻煩了，只好抱起依然專心舔棒棒糖的小麻糬，塞到馨懷裡。只要看到無敵可愛的小麻糬，再生氣也會煙消雲散了吧？
「嘖，誰准你突然闖進來，講一些莫名其妙的話。混帳。那個怪力女會受傷，是因為她把我們超貴的式盤砸爛了！」
「……咦？」
馨至今原本都是一副游刃有餘的神態，但低頭看了看遍地殘骸，似乎明白什麼，驀地冷汗涔涔而下。
「她是自作自受。我們可以叫她賠償喔。一千萬！」
「不……不好意思不好意思。欸真紀，妳也快點來道歉，他要是開個天價叫我們賠，今後的人生就全毀了。」
「馨……你……」
他壓著我的頭一起賠罪。想必是因為打工經驗豐富，已經習慣在關鍵時刻低頭賠不是了。

「那個……你是淺草地下街的天酒馨先生，對吧？百鬼夜行時受的傷已經好了嗎？」

青桐出聲詢問。馨轉頭望著他片刻，開口回答。

「如你看見的，完全復原了……畢竟有擅長療癒之術的傢伙在，連疤都沒有留下來。」

「這樣呀，淺草地下街果然是臥虎藏龍。啊，你們請坐。」

青桐似乎認為馨是淺草地下街的一員。

也是啦，之前百鬼夜行時他以淺草地下街代表的身分出面戰鬥，會有這種誤解也很自然……

又或者，對方在這裡是刻意裝作如此的呢？

「青桐，你要讓這種不請自來的傢伙一起坐下嗎？」

「他有參加上次的百鬼夜行，也是案件的當事人喔，茜。原本我就希望也能有機會跟他聊聊。」

津場木茜一臉無法理解的表情，但青桐說「茜也坐下來吧」後，他就順從地坐上沙發。青桐朝聽到吵鬧趕來的陰陽局成員們使個眼色，他們就安靜地離開了。

馨則硬是坐到我那張沙發上。

上頭還有小烏鴉和企鵝寶寶，已經不只是有點擠，是擠得要命了……

「那麼，雖然發生了各種意外，我們來重新整理一下。這次沒能測量靈力值，就下次再找機會。」

青桐將上半身向前傾，雙手手指交握。

「……還有一件事需要先告訴你們。茨木小姐……是關於已經成為妳家僕的八咫烏深影，還有和上次百鬼夜行相關的案子。」

「難道是知道了什麼關於搶走深影金色眼睛的那個犯人的消息了嗎？」

「嗯……現在還沒辦法確定，但其實最近在日本各地，連續發生好幾起擁有特殊能力的妖怪遭到攻擊的案件。」

「擁有特殊能力的妖怪遭到攻擊的案件？這是什麼意思？」

「深影的金色眼睛也是，簡單來說就是身體的一部分被搶走，或是直接失蹤……我們認為是有誰為了某種理由想要獲得力量，因而採取這種行動。恐怕那就是利用了鎌倉妖怪『魔淵組』、大江戶妖怪『九良利組』，甚至是陰陽局……最後將八咫烏眼睛納為囊中物的傢伙。」

「原來如此，也就是那起案件的幕後黑手。那傢伙是妖怪嗎？還是人類？」

「這點還不曉得。對方是單槍匹馬呢？還是狩獵妖怪賺取暴利的組織？」

「那就是說，全都是那傢伙的錯吧。深影的處罰就先擱著，這樣就了結一樁……」

「妳是白痴嗎！怎麼可能。」

但津場木茜不改其色地大聲反駁。

「要是那邊那隻烏鴉沒有受到任何處罰，就會豎立不良示範。畢竟他引發了大騷動，理應要遭受處分。而且也沒人能保證他不會再攻擊人類吧。」

「我們家深影不會再做那種事了啦！你看看，他惹人憐愛的模樣，多麼令人心痛，閃閃發光的金色眼睛只剩下一隻！為了成為一個堂堂正正的社會人士，在阿水的店裡認真努力著！是個今天也去唐吉軻德跑腿的好孩子！」

「真紀，冷靜一點。妳變得像個怪獸家長一樣了，冷靜。」

「馨你少插嘴！為了保護影兒，我不在乎變成怪獸家長啦！」

影兒確實鑄下大錯，但在這個壓倒性不利於妖怪生存的世界上，至少現在身為主人的我非得站在他這邊才行。

「請、請別動怒。這件案子裡，陰陽局也有過失，無法將責任都歸咎於深影。原本鎌倉妖怪就沒有做什麼壞事，只是遭人設計陷害，而陰陽局按照對方設下的局，肅清了鎌倉妖怪們。我們才應該補償他們。」

「……是說，動手的是京都總本部的傢伙，跟我們可是一點關係都沒有。那邊掌權的都是一些死腦筋的老頭，多半都是厭惡妖怪的過激派。即使肅清了無罪的妖怪們，也不會有任何罪惡感吧。肯定會把過錯全推到那隻八咫烏身上，說要盡快處罰他吧。」

「茜，真要變成這樣，陰陽局也就玩完了……總本部只會朝對自己有利的方向行動，所以這件事我們必須靠自己解決。」

「……」

什麼呀。原本以為陰陽局是天下烏鴉一般黑，但京都和東京的立場似乎有顯著不同。從剛剛的對話能隱約看出這一點。

「如果無法找到解決方法，最後可能只有深影一個人要承擔責任。陰陽局、大江戶妖怪『九良利組』也是……都是大型組織，多的是方法規避責任吧。」

「……所以，青桐，你到底想要說什麼？」

「在這件事上，我想今後會需要請深影多協助。他是唯一直接和犯人交過手的人，他的協助對我們來說是必要的，但他是妳的家僕……」

「原來如此，是叫我順便也來幫忙的意思。」

開始漸漸能看清談話的意圖了。

「不過呀，你們兩個真的明白，我是茨木童子轉世這件事代表了什麼意思嗎？我呢，一向最討厭能夠殺害妖怪的退魔師了。」

語調凝重，視線冰冷。氣勢威嚴的言靈挾帶靈力，猛然朝對方傳去。

青桐沒有避開我的目光，只是默然不語。一會兒後，他揚起嘴角，微笑說道：

「……我能了解妳的心情。但深影現在是由於力量遭到茨木限制，才被容許自由活動。如果不能獲得主人妳的協助，我們就必須在他身上施加獨門封印術，封印他的力量。譬如像『要是傷害人類，相同力量將反撲到自己身上』……這般包含誓約的封印術。」

「這、這太卑鄙了！這麼一來，只要面對人類，就連自衛都沒辦法了不是嗎！」

「沒錯。這樣一來，妳為了保護深影，有義務要協助我們。我認為……那是身為能驅使妖怪的主人的職責。」

青桐推了推眼鏡，臉上露出與話語相反的無害笑容。

這個男人……一開始還以為他傻里傻氣，現在卻透著一股和阿水相近的可疑氣息，還有類似由理的老謀深算。

「喂，你們雖然自己講得很高興，但話說回來，要真紀協助你們這件事……有問過淺草地下街的大和組長了嗎？」

此刻插話進來的人是馨。

「真紀還是高中生，而且她是茨木童子轉世的這個消息逐漸傳開了，在這種狀況下，我絕對不允許她去幫助陰陽局，大和恐怕也不會同意。畢竟我們是淺草地下街的人……而且大和就像是真紀的監護人一樣，這傢伙雙親都不在了，目前住在淺草地下街管理的公寓裡。」

「馨……你……」

居然若無其事地瞎掰……算了……

組長什麼時候變成我的監護人了呀。但津場木茜對此提出抗議。

「高中生又怎麼樣，我也才高二而已呀。」

「哦，你跟我們同年呀。」

「誰在跟你講這個呀！聽說淺草地下街的組長也是從學生時代起就肩負組織重任。我是要說，現在討論的事情根本和有沒有成年一點關係都沒有。」

「好了好了，茜。」

這時成熟的大人青桐出聲安撫津場木茜。

「……津場木家是代代擔任陰陽局幹部的術師名門，灰島這個家族也是從以前就主導為妖怪服務的工會。這些家族的成員從出生起就經常接觸妖怪、靈體和神明，自小就有繼承家業的心理準備。不過……茨木，她確實只是個普通人。」

「所以咧！那個女的也不是普通女生吧！是叫茨木童子的轉世吧？雖然這件事有點荒謬，但要是真的，她有哪一點可以算得上普通呀！反而比一般妖怪還麻煩。怪女人，妳最好感謝自己好不容易轉世成人類的好運氣。」

「怪女人？」

「如果妳這輩子是生成妖怪……茨木真紀，不管怎樣我都早就把妳砍成兩半了。這是繼承了過往曾讓茨木童子身負致命傷的『髭切』的我，所肩負的責任！」

「……」

「茨木童子就是對人類威脅如此之大的危險人物……！」

那對憤慨的雙眼，直直瞪著我。

津場木茜。這傢伙……出乎意料是個率直的傢伙耶。

一般人就算內心這樣想，通常也不會說出口。特別他是必須和妖怪對峙的陰陽局成員，更屬難得。

不過津場木茜的話，果然讓馨十分不高興。

「……你說要用那把刀把真紀砍成兩半？就算是說夢話也給我小心點，橘子頭……你絕對不可能贏過真紀的！她一拳就會把你擊倒了！」

我絕對會保護她。這種話完全沒出現……

只是一直深信我的力量，而且還一副得意洋洋的表情。

津場木茜將目光移到馨身上，用手指著他。

「突然跑進來的非法闖入者有什麼資格說大話。而且誰是橘子頭呀！話說，你這混帳到底是誰呀！」

合情合理的疑問。這兩個人還不曉得馨的真實身分。

現場最神祕的人，就是馨。

青桐大概也是為了探聽馨的資訊，才留他下來。

「……我呀。」

「馨，什麼都別說。」

不過我和馨只是相互對看一眼。

巨大靈力頓時繃緊，沉默的一瞬間。

畢竟……雖然或許只是時間早晚的問題，但如果連馨是酒吞童子轉世這件事都被他們知道了，我們更沒有機會逃離這裡了吧。

「那個……茨姬大人。」

「嗯，影兒，怎麼啦？」

打破這片寂靜的是，八咫烏深影。

「我願意協助這些人。不過茨姬大人……妳應該是自由的。」

「……影兒？你在說什麼？」

影兒就這樣安靜地變成人形。失去一隻眼睛，全身漆黑的少年。

「我犯下的罪，是忘記曾身為茨姬大人家僕的驕傲和誓言，差點變成一個惡質妖怪。而且還傷害了茨姬大人重要的人……以及沒能保護鎌倉妖怪。」

外表雖然是個少年，但聲音裡透著已經活了千年的威嚴，他淡然細數自己的罪狀。

接著，站到陰陽局的青桐前面。

「陰陽局的退魔師，你將那個封印術施在我身上吧。」

「！」

影兒真摯勇敢的話語，似乎出乎他們意料之外。儘管是陰陽局先提出來的方案，青桐和津場木茜卻一臉無法理解的表情。

但影兒以大妖怪堂堂正正的態度堅決地說：

「我不會再傷害人類，隨時都能成為你們的棋子。我決定往後要在現代人類社會生存，這就是我的決心。不過同樣地……如果你們今後有任何危害茨姬大人自由的行為……我就算賠上這條命，也會跟你們拚了。」

冰冷而閃耀的金色眼眸……就連青桐和津場木茜都深受吸引，眼睛連眨都沒眨一下。

他的眼睛蘊含著這種力量。

「……影兒，不行。」

但我不會輕易答應的。

「你會遭到強大誓約的束縛。我不能讓自己的家僕套上那樣的枷鎖。」

「茨姬大人，沒關係的。即使是這樣，我仍舊相當感謝。」

「……感謝？」

「正因為發生了這件事，我才能與妳重逢，在這裡和妳一起活下去。對我來說……這就是一切了。」

影兒回過頭看我，臉上浮現坦率的可愛笑容。

「從今以後，請妳看著我，茨姬大人。」

影兒的決心是真的。他都這樣說了，我無法再多加勸阻。

就這樣，他承受了陰陽局的封印術，從此背負著「不能傷害人類」的誓約。

用這樣的方式替自己曾犯下的錯誤做個了斷，向陰陽局展現自己的誠意。

同時，也保護了我身為人類的自由。

「怎麼會這樣啦，原本我很喜歡的晴空塔，居然有一天會看起來像邪惡組織的要塞。」

站在下方地面抬頭仰望聳立雲端的光之塔，我和馨一同等待來迎接的車子。

要來接我們的，是不曉得從哪得知消息的淺草地下街組長。

「不好意思，茨木，事情變成這樣。」

將影兒送回阿水那邊後，組長載我和馨回到那棟公寓，低頭道歉。

「你這什麼話呀。組長至今已經盡可能在幫我們了……而且，沒辦法呀，也不可能什麼處罰都沒有吧。」

「但是，深影居然會照陰陽局說的話做……」

「深影是個非常率直的好孩子。以一個妖怪來說，根本就是太純真了。」

正因為如此，他才會選擇獨自承擔責任，避免牽連到我。

「……不過，沒想到我竟然沒有強力阻止呢。」

目送組長的車子遠去時，我摸摸懷中睡得正熟的小麻糬，輕輕地說。

聽到這句話，馨立刻吐嘈：「妳是傻媽媽嗎？」

「真紀，不能過度干涉喔。影兒算有戀母情結了，這件事上，他決定不倚靠妳，這真的相當了不起，又有男子氣概，很值得敬佩喔。妳要是敢去插手，讓他帥氣的決心化為泡影就試試看呀。會讓他的自尊裂成碎片喔。有時候就是該遠遠地守護就好。」

「說什麼戀母情結，我又不是影兒的媽媽。」

「對他來說最重要的，妳是他的主人，而且就在身邊。別忘了這點。」

「……」

馨這傢伙，一副什麼都懂的模樣。臭馨，有什麼了不起啦。

「那是我的台詞啦……馨。」

我小聲嘟噥，同時走上破舊公寓生鏽的階梯。

因為上樓的氣勢太凶猛，馨說：「你是打算拆了樓梯嗎？」這男人還是這麼愛嘮叨耶。

「因為我肚子餓了。趕快來吃飯吧。」

「……立刻轉換話題到吃飯嗎？妳實在是個愛吃鬼耶。」

「不過你今天打工到一半蹺班，只能吃粗茶淡飯了。搞不好待會被炒魷魚也說不定。」

「真可惜，我已經跟店長道過歉了。話說回來，還不是要去追妳才會變成這樣。」

「呵呵，啊哈哈，關於這點我還滿慶幸的！」

「……什麼呀，妳這個人實在是喔。」

我的態度突然一百八十度大轉變，像小惡魔般竊笑。馨如往常般嘆息。

沒錯。對我來說最重要的是……

馨在我身邊這件事。

〈裡章〉津場木茜對怪力女的怪力大吃一驚

我的名字叫做津場木茜。

是在日本也屈指可數的退魔師名門津場木家目前當家——津場木巴郎的孫子，同時也是在陰陽局備受期待的新星。

其實，津場木家遭受妖怪詛咒。

所有人總是憤恨地埋怨——都是目前當家的弟弟，津場木史郎那個男人害的。

他的確擁有相當強大的力量，但性格上有缺陷，惹火了絕不該觸犯的強大妖怪，讓整個家族背負上相當棘手的詛咒。

津場木史郎雖然已被逐出家門，但這個詛咒在血緣越近的人身上，效力就越強。

即便是為了鍛鍊對於妖怪或人類詛咒的耐受力，打從出生起就經常被迫施以輕微詛咒、歷經艱苦修行的津場木一族術師們，對這個詛咒依舊是束手無策。

爺爺每天都浸泡在靈泉內潔淨身體，而且早上一定都會吃納豆。

因為如果不這樣做，詛咒就會侵蝕身體，即使是原本活蹦亂跳的人，也會立刻發高燒，輕易喪命。

就連血緣關係較遠的爸爸，前陣子也在熱愛的自行車運動中翻車，差點喪命。

究竟只是器材維修上出問題、一時疏忽、還真的是因為詛咒呢？這點雖然不清楚，但多半是詛咒吧。因此爸爸每天都在自行車上搭載式神，還會吃香蕉祈願。

我的血緣就更遠了，沒有這麼嚴重，但從小就每晚作惡夢，還曾經沒辦法從那個世界回來，不吃不喝地連續昏睡了整整兩天，差點就永遠醒不過來了。

大概是詛咒害的。

還有我每天腳都會撞到桌角一次。這也都是詛咒害的。絕非出於我睡不好，或是走路太不小心之類的，應該不是這些原因。

對這些詛咒非常有效的是，每天面向太陽誦唸咒文，還有喝咖啡牛奶。所以我每天都一定會喝咖啡牛奶。

我痛恨那些害津場木一族、害我的家人活在痛苦中的妖怪。

我這麼厭惡妖怪，平常老是叨念著：「那些妖怪最好全都死光光！」卻隸屬於親妖派的陰陽局東京總部。

在上次的百鬼夜行之後，我和仰慕的退魔師青桐一起被調到東京晴空塔分部……

「青桐……這樣沒關係嗎？你原本其實是打算用八咫烏當誘餌，拉攏茨木真紀進陰陽局吧？在京都總本部下手之前。」

「茜，現在提這件事還太早了，必須再更加深信任感。」

「……信任呀，無法。我是不喜歡啦，要低聲下氣討好那種自以為了不起的女人。」

「不過，她長得很可愛吧？」

「什麼？不管怎麼看就是凶暴女的臉呀，像是那對不懷好意的眼睛，就十足給人大妖怪轉世的感覺——」

「哎呀你又來了——茜呀，你真是正值青春期的害羞男孩耶。」

「你說這什麼啦！」

說我正值青春期又害羞是怎樣啦！

話說回來，那個女的跟淺草地下街那個叫做天酒馨的傢伙是一對吧。兩個靠得有夠近。雖然好像是下意識，但身側緊緊靠在一起。

啊啊真是讓人一肚子火，這些混帳根本是在放閃……

青桐邊竊笑，邊收拾斷成兩半的桌子，一一找回從式盤中散落的水晶碎片。碎片上仍沾染著那女人的血。

他將水晶碎片放在毀損式盤的前方，掏出靈符。

伸直食指與中指，比出刀印姿勢後，青桐口中念念有詞。

「恭請五陽靈神，回轉光陰刻度，顯露出那一位的鮮血——急急如律令。」

原本裂成好幾半的式盤和散成碎片的水晶，就像重回過去般修復成原貌。

青桐預先施過形狀記憶的術法，即使遭到破壞也能回復原狀一次。這是只有他才能辦到的光陰刻度操控之術。

逼……逼逼……逼……

式盤啟動內建系統，讀取茨木真紀的血液。

盤面上文字頻頻閃爍，終至……靜止。

浮現虛空的文字，寫著三三〇〇〇〇〇……………什麼？

「靈、靈力值超過三百萬……？啊？嗯？咦咦咦！」

「啊……這個實在是……太驚人了。」

「這怎麼可能啦！」

原本我就認為她是個趾高氣昂的怪力女，沒想到還真不是普通程度的怪力！

畢竟……畢竟這太誇張了，遠遠超過人類能夠擁有的靈力數值。

人類的平均靈力值約落在一百五十左右，如果有八百就算靈感體質了。

另外，要成為術師，若不達三千是毫無希望可言。要是超過一萬，那將來相當值得期待。

超過十萬的人屈指可數，未來是陰陽局幹部級候補人選。

順帶說明，我是十二萬三千，人稱津場木家最厲害的神童！

「這也就是說她的力量超出合理範圍吧，看來真是茨木童子轉世。」

「青桐，千年前的茨木童子的靈力值是多少？」

「茨木童子的靈力值……老實說並沒有確切紀錄。跟遺骨安置在宇治平等院的酒吞童子不同，一直都沒有找到茨木童子的遺體。只有總部授予你的……那把渡邊綱的佩刀『髭切』所砍下的手臂留存著，所以甚至還有學者認為，搞不好她還存活在某處呢。但光是掌握到這個數值，就至少能先確定茨木真紀這個少女並非普通人類……是吧，叶。」

青桐對著不知何時已經站在房間入口的男人出聲。

金髮碧眼……身穿白袍的美男子，外表華麗氣質卻相當沉穩，只是靜靜佇立著，連我都沒發現那傢伙居然在附近。

叶冬夜——陰陽局京都總本部派來的研究人員。

「叶，就照我們之前講好的，麻煩你監視茨木真紀，還有……也調查一下她身邊的人。」

「……知道。」

他只拋下這兩個字，就快步離去。

雖然我沒什麼立場講別人，但實在是一丁點都不討人喜歡。

「我……實在不擅長應付那傢伙，他是妖狐和人類的混血？」

「沒錯。的確是個看不透在想什麼，相當不可思議的人呢。對陰陽局來說，是一位負責重要研究工作，十分出色的研究人員，但不光是這樣，他……」

「嗯嗯……啊？什什什什、什麼？」

青桐接著透露的驚人事實，讓我再度驚愕至極。

怎麼會……怎麼會有這種事啦！

那天，我情緒過度亢奮結果睡不著。

實在是睡不著，甚至最後還跑到爺爺的房間，跟他一起喝熱牛奶。

星星。

似乎正在變動……

這種預感和某種不安，強烈席捲而來。

第四章 發現河童了嗎？

第一學期的最後一天，總算是個放晴的夏日。

結業典禮也在早上就結束，我和馨待在民俗學研究社的社辦，各自做自己的事打發時間，等去開學園祭委員會的由理回來。

「欸，馨，你搬家的東西收好沒？你爸爸是十月要搬出那個家嗎？」

「對，他說要調去新加坡。我媽從那之後就一直待在九州老家……應該不會再回那間公寓了吧。整理東西……接下來才要開始弄。」

他敘述家人情況的語氣果然十分平淡。

雖然不管怎麼說，馨內心應該還是很在意爸媽的事。

「那間公寓會怎麼處理？」

「會租給別人吧？我自己一個人住，陰氣太重了。」

「感覺你的運氣會變更差呢，而且你又怕寂寞。不過既然我們都要住同一棟公寓了，還分別住不同房間，總覺得好像在一個屋簷下分居——」

「啊？這是最能清楚展現我被踩在腳底下的房間分配了吧？」

馨還是這麼毒舌。他一邊翻閱每周必看的少年漫畫周刊，一邊「哦」了一聲。

「妳看，這部漫畫也是，將主角群擁有的某種能力數值化耶。沒想到現實中也有這種東西。居然能夠測量靈力值，簡直像是少年漫畫或遊戲一樣，時代真的不同了。」

「你看起來好像滿高興的。」

「千年前靈力是只能『憑感覺』，模糊難辨的東西，但現在能夠用數值表示出來，這實在太厲害了呀，就能明確曉得力量強弱了。」

「你真的很喜歡這種事耶——男生都這樣——」

我一向對數字不敏感，沒什麼特別感覺，但馨是理工男，對靈力值那個系統似乎非常感興趣。結果我的靈力值到底是多少呀？

「欸，馨……由理好慢喔。今天明明約好中午要一起去丹丹屋吃蕎麥麵，我已經快餓昏了啦……」

「確實……有點慢呢，應該是學園祭的會議拖長了吧。上次他難得抱怨內部吵得不可開交。」

「我……去會議室看看。」

「啊，喔，我也去。」

丟下由理自己回家，我心中是沒有這種選項的。只是肚子實在餓到受不了，想要去學生會辦公室隔壁的大會議室看一下現在的情況如何。

會議室裡坐著學生會幹部和各年級的委員長，還有預定參加學園祭的各社團社長也都齊聚一堂，可是……

「什什什什什什麼？」

剛好在我們走到會議室前面時，傳來幾近慘叫的眾人呼喊。

發生什麼事了？我和馨一起從後門的隙縫中偷看裡面。

「因為這個原因，今年學園祭的文化性社團展示地點將從本館移到舊館，各位沒有異議吧？」

站在會議室前方的女生，洋洋得意的神情率先映入眼簾

那是學生會副會長。另一邊，則是臉色陰沉的文化性社團社長們。

「我反對！副會長妳別開玩笑了！為什麼至今都是由文化性社團使用的教室，非得拱手讓給運動性社團做展示不可！本館和舊館招攬客人的地點優勢明顯差這麼多，運動性社團有體育季，學園祭是文化性社團發表成果的場合。我絕對不同意！」

美術社社長，三年級的大黑學長激動地頻頻拍桌。我和馨見狀，彼此對看了一眼。

「不妙，大黑學長整個崩潰了。」

「看來要大吵一架了。」

大黑學長是個一年到頭都穿著運動外套的怪人，看了都讓人覺得悶熱難受。別看他那副模樣，他可是立場薄弱的文化性社團的支柱。美術社旁邊的那間老舊器材室，也是他借給我們民俗

學研究社的。

不過對於大黑學長的抗議，冷漠以對的學生會一臉厭煩的模樣。

特別是三年級的副會長，佐久間綾乃，去年榮獲「明學小姐」稱號、現實生活多彩多姿的美女。

她發揮自己苗條纖細的身材，經常擔任少女雜誌的模特兒，是女生間的意見領袖，挾帶高人氣獲得了副會長的寶座。

同時也是足球社經理，特別是在各種活動上出盡風頭。

在「可愛就是正義」的風氣下，無論她做什麼，別人都會包容。

「不過呢，大黑，你還記得去年文化祭的情況嗎？雖然將容易招攬客人的本館二、三樓分配給文化性社團做展示，但無論怎麼看都只有小貓兩三隻耶。該怎麼形容呢……內容太沉悶了？」

「沉、沉悶！」

那副瞧不起人的嘴臉讓人厭煩。大黑學長應該是這樣想的吧。

我和馨只是站在外頭偷看，還能夠置身事外地旁觀。

「因為已經決定要在本館主要樓層設置能吸引更多人前來、有精彩賣點的展示和教室擺攤。大家想要的是這種東西喔，對吧？會長。」

「……喔，嗯。」

感覺出於被迫、戴著眼鏡的學生會長。

喂喂，給我振作一點啦，你可以允許這種事發生嗎？文化性社團的眾人肯定內心正這麼想吧……總覺得現場充斥著這種氣氛。

「我還是反對！怎麼可以用沉悶兩個字就想打發文化性社團的發表！」

「那就請做出更有娛樂性、更能吸引客人的展示呀。我又沒叫你們別展示。」

副會長杏桃棕的頭髮在頭頂附近紮了個丸子頭，耳朵露在外頭，她從剛剛就一直用手指玩弄散落在耳後的幾縷髮絲。態度嘲諷意味相當重，但講出來的話十分有道理，就連大黑學長都無法反駁。

副會長仍是一臉得意，朝最後方座位上青著臉的那個男生走去。

「還有……巫馬研究社的早見同學。」

「……什麼？啊，那個，不是巫馬，是英文的U、M、A，UMA。我之前就講過了，又不是在研究巫術還馬匹……」

「哎呀是這樣呀？那就，UMA研究社的早見同學。」

「……什、什麼事。」

那個男生的表情，就像是無助等死的草食性動物。

不過，UMA研究社……我好像在那裡聽過……

啊！仔細一看，那個男生就是在牛嶋神社認真參拜的那個人。

「雖然有些難以啟齒，但你提出的那個叫做『河童的謎團與暗影……還有愛』，看起來一點都不有趣的企畫，被駁回了。」

「什、什麼？」

「今年我們少一間教室。去年你只是把未確認生命體還有妖怪之類的文字報告貼在牆壁上而已吧？根本沒有客人進來看吧？所以今年只好取消你的名額。」

她雙手合十，臉帶困擾地笑了一下。副會長的笑臉對於各位男性來說應該令人暈眩，但在早見同學眼裡只是惡魔的微笑，他的靈魂幾乎都要飄離身體了。

「我反對！」「反對～！」

其他文化性社團的社長和同好會會長代替他紛紛群起抗議。

不過副會長充耳不聞，一臉滿不在乎的模樣。

「副會長，可以講幾句話嗎？」

此時，既是二年一班委員長，也是我們民俗學研究社社員的由理，平靜地舉起手請求發言許可。

「繼見同學？有什麼事嗎？」

由理講的話，副會長倒願意聽。

「那個……以這種理由駁回一個完整的企畫，我認為還是有點過於蠻橫。至少應該同意UMA研究社的企畫和其他文化性社團一起合展？」

「嗯……只要有社團願意接受，我不會刻意多加干涉。只不過我認為，無法吸引客人的UM

A研究社的企畫根本沒有執行的價值。」

由理臉上仍掛著微笑，回應：「這樣呀。」哦，他似乎有點動怒了？

他狀似不經意地望向美術社社長大黑學長。而大黑學長也留意到他的視線，輕輕點了個頭。

結果，在這場會議的結論中，文化性社團的劣勢沒能獲得翻盤，UMA研究社沒有展示教室，不過可以和其他社團一起聯合展出。

學生會幹部和委員長們、還有早就厭煩冗長會議的運動性社團社長們，立刻起身離開會議室，只有文化性社團的代表仍無力地坐在原地，憂鬱嘆息。

魚貫經過我們身邊的學生會幹部們，各個臉上都掛著悠哉得意的神情。

副會長瞥了一眼等在外頭的我和馨，就走回隔壁的學生會辦公室了。

「啊，真紀、馨，你們來啦。」

由理發現我們的存在，從會議室走出來。

「由理，剛剛的會議也太慘烈了吧。」

「啊哈哈……」

由理苦笑著。

「學生會的主張也太硬來了吧，老師都沒有意見嗎？」

「……學園祭基本上是由學生自己主辦的活動，加上日期跟旁邊北高的文化祭重疊，每年客人都被他們拉走了。副會長下定決心今年一定要扳回一城，早就四處打點好，想將企畫弄得華麗吸睛。」

不過，學生會對文化性社團霸王硬上弓的處理方式，由理似乎還是有些意見。

「原本一直到去年，容易招攬客人的本館都是分給各班企畫和文化性社團成果展示來使用，但今年決定只有班級企畫和運動性社團可以用，而將文化性社團趕到舊館去……雖然也不是不能理解副會長的盤算……但明明是難得的學園祭，卻用沉悶兩個字就否定了文化性社團的展示價值，讓人覺得有點難過呢。」

「原來如此……」

教室裡，展示空間遭到取消的那位忘記什麼同好會的早見同學，正被其他文化性社團的人團團圍著。

「太過分了實在太過分了！文化性社團雖然沉悶了一點，但也是十分努力呀！而且巫馬研究社是什麼啦！是UMA啦！那個副會長到底要搞錯幾次呀！」

「早見，你別擔心，我們挺你！我們一定會想辦法的！」

「嗚哇哇哇哇，大黑學長！」

他現在正緊緊抱著美術社社長大黑學長充滿男人味的胸膛哭個不停。

「看起來好可憐喔。」

「不甘我們的事喔。」

「是這樣沒錯啦。」

不過我和馨相當冷淡。要說現在我們能做什麼，就只有盡量不要刺激到現正感到十分受傷的他，靜悄悄地離去，……

「啊啊，民俗學研究社！」

有個人以急促紊亂又大聲的腳步，熱血滿溢的神情，正朝我們逼近。

從剛剛就一直散發強烈存在感的美術社社長，大黑學長。

糟糕，居然被發現，這下麻煩了……！

「哇哈哈！這樣呀這樣呀，你們也在呀！我說呀，真紀小子，馨。」

「我拒絕。」

在他說出任何話之前，我就率先搖頭。

「立刻拒絕？等一下，真紀小子。為了打破眼前的僵局，妳們一定要幫忙啦！至少先聽我把話講完……」

「不要，學長，我肚子餓到快昏倒了。」

我真的是從剛剛就拚老命在忍耐，肚子一直咕嚕咕嚕地叫個不停。

因此我連殺氣都放出來了，但學長也毫不退縮，這真是相當了不起。

「要吃飯就來美術室，我請妳吃杯麵！妳不妨先姑且聽聽，來我們美術社社辦一趟！」

「……」

現場氣氛變得有點詭異。我、馨和由理，相互看著彼此，不知該如何處理眼前狀況。

「喔，我拒絕喔。我可不想被扯進麻煩事裡。」

「就先聽聽看學長要講什麼嘛。我也拜託你們。馨，真紀也是。」

「咦咦咦咦……嗯……可是既然由理都開口了……」

在由理的請求下，我和馨也只能放棄掙扎，點頭同意。

或許我們剛剛不該來看情況的。因為我們太清楚了，只要被牽連進大黑學長的事裡，想要脫身就難如登天了。

「好！民俗學研究社的各位，感謝你們過來！啊，那張畫素描用的椅子可以坐沒關係。哇哈哈哈。」

唔，壓迫感太強了，頭有點暈。

才一走進美術社，雙手扠腰開腳直立、等在裡頭的運動服打扮男子，身上那股熱血氣勢和雄渾男性氣息就席捲而來，我和馨瞬間移開目光。

重新介紹一次，他是三年級的大黑學長。

我們一年級時，出借教室給無處可去的民俗學研究社的大恩人。

他整個人的感覺，就像是眉毛和眼睛間距很近、血氣方剛的體育老師，蓄著短髮，穿著運動服。眼角下方的愛哭痣是最有魅力之處。喜歡描繪、製作美麗作品的美術社社長。

不光是這樣而已，這個人……

「啊，不好意思連飲料都還沒端上來！檸檬水可以吧！不過也只有檸檬水了！」

「學長，我是肚子很餓。」

「我知道！給妳，杯麵！」

原本嗓門就大的大黑學長，吹了聲掛在脖子上的哨子，對美術社社員發號施令，讓現場更加吵雜不堪。早就訓練有素的美術社社員們動作迅速地替我們端上冰涼的檸檬水，用熱水壺燒開水泡杯麵。但這兩個東西感覺味道不太搭呀……

我們完全被大黑學長的節奏牽著走，呆呆地坐在原地。

下意識坐上他們擺好的素描用椅。仔細一瞧，美術社以外的其他文化性社團的正副社長也都來了。

「欸，由理……我討厭麻煩。我真的很討厭麻煩。」

「馨，你不要像念經一樣一直喃喃自語啦……」

馨和由理小聲地交頭接耳。我肚子太餓了根本無法思考，所以大口灌檸檬水，狼吞虎嚥地吃杯麵……咦？出乎意料還滿搭的耶？

「文化性社團的各位，因為學生會的壓迫，就連我們一年一度的發表機會都將遭到剝奪。舊館地點沒有招攬客人的優勢，但不管怎麼抗議，都無法扭轉這個決議。」

聽見大黑學長的發言，抱著做工粗糙的河童玩偶、坐在他旁邊的早見同學頓時又眼眶泛淚。

「早見！你受的委屈，我一定幫你討回公道，現在正是文化性社團挺身而出的時刻！」

隨著這聲呼喊，平日文靜而逆來順受的文化性社團成員們紛紛爆發不滿。

「沒錯。現在就是一直遭受差別待遇的文化性社團出聲反抗的時候！」

「竟然連唯一的發表機會，都要被平常就備受注目的運動性社團搶走，這太過分了！」

「大黑學長！讓我們大幹一場吧！大黑學長！」

「只要跟學長一起，我覺得什麼都辦得到！」

這個氣氛是怎麼回事。有種神祕宗教的感覺……

「……老樣子，很多人輕易地就受到大黑學長影響。」

馨一臉不置可否。是啦，因為大黑學長呀，其實並非人類呢。

雖然無論是外表或個性，看起來都超有人情味的……

「大黑學長，在你們熱血沸騰的時候插話真不好意思，不過到底叫我們來做什麼？有種現在要發起革命的氣氛耶，我們可以回去了嗎？」

「真紀小子，妳說什麼啦……」

大黑前輩「砰」地將手放在我的肩上。

這個人老是叫我真紀小子，大概認為我是男的吧。

「現在正是文化性社團團結一致的時刻，大家一起再提出一份企畫案吧！也就是說，就在這裡組成文化性社團聯盟！」

由理也點頭深表贊同，回應：「只剩這個辦法了吧。」這是怎麼回事？

「學生會這麼瞧不起文化性社團，我絕對饒不了他們。在這裡的所有人也都是這樣想。不過就算每個社團跟往年一樣，做些老套的展示也沒什麼意義……所以，不如聯合起來，制定統一的主題！」

「制定統一的主題……像、像什麼？」

我果然有種不祥的預感。大黑學長雙臂交叉，神情得意地哼了一聲。

「就是——河童！」

「……咦？」

我、馨和由理先是愣在當場，接著壓低聲音討論起來。

那個人肯定是腦袋有問題啦。

「唉喲，民俗學研究社的三人組，我知道你們想講什麼。你們想問為什麼會是『河童』吧？」

「一般都會想問吧。」

「真紀小子，妳還是這麼冷淡耶！因為這是失去發表機會的UMA研究社的早見同學一直以來的研究主題。」

「話說回來……UMA到底是什麼？」

光是這一點我就搞不懂了。坐在旁邊的馨隨口回我：

「Unidentified Mysterious Animal……未確認生物的意思。」

「哦，那妖怪也算在裡面囉？」

「這個嘛……像尼斯湖水怪、土龍（註4）這樣的……啊，不過，這樣說起來，河童也算是UMA呢。」

「還有那位早見同學，是抱著河童玩偶大哭嗎？那也做得太醜了吧，河童明明更可愛……」

河童也有相當多種類，不過對我來說，河童就相當於手鞠河童。胖嘟嘟、圓滾滾的小小一隻，總是一大群聚在一起，講話像小嬰兒，十分惹人憐愛。

這附近，主要能在隅田川和合羽橋附近發現他們的蹤跡。

「嗚哇啊啊啊啊啊！」

那個叫早見的，突然放聲大哭。就連我們也都嚇了一跳，反射性聳起肩膀。

「太過分了啦！學生會幹部太不講理了！從以前就這樣，學生會每次都剝奪我發表的機會。不過我沒辦法違抗強權，才會去淺草的各間寺廟神社都求過一遍了呀～」

「原、原來是這樣呀……難怪。」

但其實沒什麼要緊的，我繼續吃我的杯麵。

大黑學長清了清喉嚨，緩和現場氣氛。

「大家聽好了，我們文化性社團聯盟的展示主題就統一是『河童』，每個社團展覽的東西都要放進『河童』的元素，粗略來說，就讓我們把舊館染成一片綠吧！」

「……真的是很粗略耶。」

「沒錯，馨！我們文化性社團分配到的樓層是舊館二樓和三樓。但三樓我們不用，要集中火力在二樓。贊成這個想法的社團如下：美術社、家政社、服製社、攝影社、電影社、茶道社、花道社、園藝社、戲劇社、機器人研究社、踢踏舞同好會、UMA研究社、民俗學研究社！好，請各位鼓掌！」

啪啪啪啪。啪啪啪啪。

「我要提出三個企畫案。『電影』、『教室擺攤』、『鬼屋』。結合文化性社團的力量，拉高這三個企畫的完成度。」

大黑學長順勢站到黑板前，比手畫腳地繼續說明。

「電影是搜尋並捕獲河童的恐怖推理片。執導自然是由電影社擔任，戲劇社、踢踏舞同好會也請參與這部電影的拍攝，當然美術社也會負責大道具的製作。」

「那個，為什麼踢踏舞同好會也要……？」

「由理子，你問了個好問題呢！」

學長明明對馨就只叫名字，但老是稱呼由理為由理子。

他大概以為由理是女生。由理的眼神像殺手般越來越陰沉……

「在大結局時，被捕獲的河童和搜尋部隊要一起跳踏舞啊！今年夏天演員們都要接受嚴格

註4：土龍（槌之子），是日本傳說中的生物，形體似蛇，也似槌子。

特訓！請抱著不要命的決心努力。可不會因為我們是文化性社團就放水喔！」

……以踢踏舞結尾的電影，哪裡找得到這種東西呀？

「接下來是教室攤攤。由家政社、茶道社、花道社、園藝社和服製社共同策劃一個打通三間教室、規模盛大的和風茶屋。主角是抹茶和菓子！簡單來說～」

「……綠色吧。」

「沒錯，真紀小子，妳真是天才！」

嗚嗚，只要大黑學長一叫我，壓迫感就排山倒海而來，身體都忍不住向後仰。

「最後是鬼屋。機器人研究社、美術社、攝影社和UMA研究社要在電影播放室隔壁，製作一間有很多河童相關素材的道地鬼屋風格展示室。如果能延續電影的內容，客人肯定會喜歡吧。怎麼樣，不覺得聽起來很有趣嗎？」

「……是啦，相當出色的企劃能力……」

「沒錯吧，馨！哇哈哈哈！我要激發文化性社團沉睡的潛力！」

大黑學長似乎信心十足，拿起放在一旁、寫有「雷門」的大紅團扇搧臉，心情相當愉悅。

我將紙杯中已經不冰的檸檬水喝完，環顧詭異的現場情況。雖然每個社團各自展出的自由度降低了，但大夥都對至今未曾有人嘗試過的文化性社團聯合大製作感到躍躍欲試。

「河童」這個主題，要是放在平常大家肯定會認為是在開玩笑，但現在所有人身上都已經透出綠色的氣息了……而UMA研究社的早見同學，又感動地快要哭了。

大黑學長啟動別人幹勁開關的能力，實在是太恐怖了……

「……那個，情況我明白了，不過我們到底要做什麼呀？」

「做什麼喔，吸引客人來呀。」

聽到由理的問題，大黑學長一臉理所當然地回答。

「吸睛的東西就要放在最顯眼的地方！對方既然要這樣幹，我們當然也要找噱頭！」

「……」

打擾了。我們三人說完就正打算離開。我們身上似乎缺乏那個幹勁開關。

「等等等等等等！當初借你們教室的人是我吧！」

「從來不曾忘記你的大恩大德，但現在打算要忘記了。」

「等一下等一下。又沒有要叫你們穿河童的布偶裝。是希望你們發揮天生麗質的外表，在我們的計畫裡出一份力——」

「那個，先走囉。」

「哎喲喂呀，等一下啦啊啊啊啊！」

不管他好說歹說，我們的態度都同樣冷淡。大黑前輩不肯罷休地挽留我們。

「丸山！現在，現在就把賄賂用的東西拿出來！」

在此刻登場的是美術社二年級的丸山，她也是我們班上的女生。她甩著一頭鮑伯頭，紅框眼鏡閃著光澤，擋在我們前面。

「茨木，這是美術社要給妳的賄賂喔。」

「？」

露出可疑微笑的丸山手中，拿著一個大大的袋子。

這、這是……零食。各式零食的家庭號組合包！

但我才不會因為這點東西就動搖咧！

「……」

為什麼會這樣？我，動不了。

「喂、喂喂，這樣妳就上鉤也太好騙了喔，真紀。剛剛不是才吃過杯麵嗎？別貪吃了……！」

馨嘴裡嚷嚷著，好了走啦，一邊將我朝門的方向推。

但是我動不了。

「馨，我們也算是文化性社團，就幫一下忙呀。」

「由理，你在說什麼！那是大黑前輩的計畫耶，他絕對會壓榨我們。」

「別這樣說嘛，馨，只要你往店門口一站，女性客人就會像被催眠一樣都進來的啦。」

現場女生們皆表贊同，熱切點頭附和。

馨的內心似乎充滿不祥的預感，頻頻望向唯一的可能盟友——我。

但我的視線從剛剛就一直緊緊黏在丸山手上的家庭號零食組合包上。

「看吧看吧，我最了解妳了，茨木對這種東西毫無抵抗力。而且如果妳願意當我們茶屋吸引顧客的招牌女店員，家政社應該會讓妳試吃各種食物喔。」
「……各、各種食物……」
我忍不住複述「各種食物」，這幾個字有致命的吸引力。
「喂，真紀，別這樣，不要呀……！」
馨的聲音越來越虛弱，等我回過神來，已經接下那份賄賂了。雖然不甘心，但手緊緊抓著那份賄賂。
「好，這樣我們『文化性社團聯盟』邁向勝利的布局就完成了！整個計畫的名稱叫做『發現河童了嗎？』。彷彿體驗完三個河童企畫後，就能夠找到河童一般呢。」
「河童的意義到底是……」
主題色當然是綠色。似乎決定要徹底盡量使用「河童」這個題材，來充分展現各個文化性社團原本的特色。
在暑假開始前，學園祭的企畫全都出爐。
引發這個事端的ＵＭＡ研究社早見同學，還有提出這份企畫的大黑學長。
為了對抗學生會說的那些華麗展演，文化性社團的戰士們齊聚一堂。
以及無端遭受牽連、有夠可憐的我們。
說什麼……發現河童了嗎？
這種東西，淺草一大堆。真的。

第五章 正如淺草神明所言

『前大妖怪的幾位小朋友，你們沒地方去吧？那可以用美術室隔壁的器材室喔。我會幫你們打點好。哇哈哈哈，什麼，一定會順利的。天下無難事，只怕有心人！這可是我的座右銘！』

總是全身運動服打扮，一丁點陰鬱氣息都沒有的爽朗笑臉。

不曉得打哪兒來、毫無根據的強大信心。

開朗明亮，雄渾的壓迫感。正向思考中的正向思考。

由這些元素組成的，就是我們學校的美術社社長，大黑學長。

他也是在我們一年級剛成立民俗學研究社時，提供教室給我們的大恩人。

不，他不是人。也不是妖怪。

他是在東京最古老的寺廟「淺草寺」裡，和聖觀世音菩薩本尊一同接受奉祀的神明。

——被算在淺草名勝七福神巡禮中的，淺草寺大黑天。

「哦，和淺草寺的大黑天大人一起參加學園祭……？那應該會很開心吧。」

「才沒那麼輕鬆咧，小節。今天明明是隅田川的煙火大會，我卻在淺草寺附近的商店街來回奔波，到處採買各種東西。『化貓堂』的燈籠呀，『花雞屋』的和服呀，馨去豆藏那裡買紅豆，由理去拿茶碗來……唉，根本沒辦法違抗大黑學長呀！」

在淺草「花屋敷街」的燈籠店化貓堂裡，我向朋友小節發洩各種不滿。

「這樣呀……但既然是大黑天大人要的，我可不能拿出低於水準的東西呢。」

小節竊笑著，用沙啞菸嗓說了句「等我一下」。仔細觀察背向我的小節，能隱約瞧見混雜三種毛色的耳朵和尾巴。

她的本名叫做貓井節子，所以才叫小節。

是位俐落修長的女性，幾乎不化妝也不刻意打扮，帥氣又有男子氣概。我相當喜歡她這種沉穩的氣質。

正如這間店的店名，她是名叫化貓的妖怪。長年製作於百鬼夜行使用的燈籠，妖燈籠界的老手工匠。我偶爾也會過來店裡幫忙。

小節提著一個垂吊式的紅色燈籠走過來，問說：「這個如何？」

「雖然平常是當作伴手禮，但是裝電池的喔。紅色燈籠比較好吧……？」

「沒錯，就是要這種！因為他們好像是想掛在入口。」

我說要買三個，但小節搖了搖頭。

「常常麻煩妳幫忙，才三個當然是免費送妳囉。而且這種舊式燈籠，平常也賣不太出去。」

「咦？真的？可以嗎？」

「嗯。不過，下次百鬼夜行前也要拜託妳喔。」

「包在我身上！」

雖然「免費的東西最貴」這句話是我的座右銘……不過現在想盡量用最少的錢買齊所有東西，也是真心話。這項企畫資金不足，小節的提議無疑幫了個大忙。

約好下次也要過來幫忙後，我決定感激地收下燈籠。

「不到五千日圓要買五件二手浴衣，不～就算是真紀妳來拜託我，也太艱難了啦。」

接著我來到位在「淺草西參道商店街」上的二手和服店——花雞屋。店主是位滿頭華美白髮，身穿和服的老爺爺。

名叫麻木綿介。我都叫他綿爺。

「綿爺你還是這麼小氣耶。之前你睡昏頭不小心變回一反木綿的妖怪模樣，窗戶又沒關，結果被風吹跑了不是嗎？還被勾在樹上。當時救了你的人不曉得是誰喔？」

「唔、唔呃……真紀，妳這小女生，老是施點小惠就記得一清二楚。」

「能派上用場的東西就不能放過呀，特別是在節省這件事上。」

其實浴衣的預算有一萬日圓，燈籠錢又省了下來，應該是更為寬裕才對，可是……

為了試探能夠殺價到什麼程度，我故意一開始就喊出為難人的價錢。

「唔、唔呃……那七千日圓怎麼樣？」

「啊，那還要加這個髮飾，可能有人會想戴。」

「唔、唔呃……統統拿去啦，妳這個強盜。真紀，我實在就是拿妳沒辦法。」

「綿爺，謝謝你。若下次你又變成一反木綿被吹跑了，就算是勾到晴空塔，我也會去救你的喔。」

綿爺又「唔呃」地嘟囔了一聲。

買好五件二手浴衣後，剛好跟從豆藏那買了將近三公斤紅豆的馨會合。

「這些東西要怎麼辦？有夠多耶。」

「搬這些東西坐電車有點辛苦吧。」

不，只要有我們這種無窮怪力，拿這點東西根本是輕輕鬆鬆。只是會對電車裡的其他乘客造成困擾吧。

「哎呀，兩位，看起來似乎遇到困境呢。」

「啊，阿水。」

此時，我的前家僕阿水突然出現。不曉得他是湊巧經過，還是已經埋伏一陣子了，從商店街一角驀地現身，手裡不知為何拿著酒瓶。

「有需要的話，我開貨車幫你們載那些東西吧～」

「水蛇，你不用顧店喔。」

馨一如往常不和善地盯著阿水瞧。

「啊——下午休息。今天可是隅田川的煙火大會呢，根本不會有客人上門。我正在買酒。」

「你沒喝酒吧？要是酒駕，陰陽局可是會宰了你喔。」

「怎麼會。不會啦，馨。我可是超級奉公守法的社會人士喔。酒是要留在看煙火時喝的，現在正努力忍耐著呢～」

「欸，阿水，影兒呢？」

「我讓影兒和小麻糬一起去占煙火大會的位置，現在應該正用我借他的平板電腦，看世界名作劇場的動畫重播吧——」

我最近忙著準備學園祭忙得不可開交，就將小麻糬先託給阿水照顧。他跟影兒似乎很合得來，兩個最近好像成天黏在一塊兒。

因為都是鳥類妖怪嗎？

居然一起去占位置，可愛得令人忍不住要微笑呢～。

「哎呀哎呀，真紀，女生不要自己搬東西啦。啊，好重！」

「阿水，別勉強了。你雖然是妖怪，但卻不是大力士呢。」

阿水非常有紳士風度，打算幫女性拿重物，但老實說我的力氣大多了，所以我又將東西從他手上拿回來。

馨咧嘴竊笑，表情像在嘲笑他不自量力。阿水氣得咬牙切齒，按捺住跟他計較的衝動。

「受不了耶，這邊啦，這邊。」

在重整心情後，阿水帶我們到貨車停放的那座停車場，是在他家附近的月極停車場。

「在東京呀，光是租停車位一個月就要花上三萬日圓！要養一部車真的很辛苦呢。不過像我這樣自己開店，沒有車又很麻煩。」

阿水發著牢騷，哀嘆生活難過，一邊打開白色貨車的後車廂，將四處堆放的箱子移開，清出一個空間放東西。我們將燈籠、和服，還有裝滿紅豆的袋子等今天採買的物品統統擺進去。

「等一下，阿水！後面座位上有個瓶子裡裝了某種毛！」

「啊，被真紀妳發現了～？那是那個啦。一種叫做 Pixie 的異國妖精的眉毛。我跟妳說，這對妖怪來說可是相當珍貴的天然藥材呢～」

「妖精的眉毛……」

「啊，不過我是乖乖循合法管道，直接從 Pixie 他們那裡買的喔！最近也有一些違法狩獵妖怪或魔物賣錢的惡質傢伙。這一點得先澄清一下。」

「……」

正要坐進後方座位的我跟馨，交換了下視線。

我們心中想的都是，無論是否循合法管道，這傢伙似乎將相當詭異的東西混在藥裡呀……

阿水繫好安全帶，發動車子。

在超級安全駕駛的狀態下，將貨物載往位於上野的高中。在那裡跟由理會合。

「大黑學長呢？」

「學長已經回家囉。應該說，大家都回去了。他們說要去煙火大會。」

「喂喂，我們不跟著趕快走人可能就會趕不上煙火大會喔。」

馨瞪著手錶，出聲催促。

「啊，不過大黑學長有叫我們回淺草後去淺草寺找他。」

「拜託……會這樣奴役我們的，只有大黑學長了吧。」

「畢竟他是大黑學長嘛。」

因此，我們將東西搬進社辦後，又急忙回到阿水車上。

坐著阿水充滿藥草氣味的貨車，再度趕往淺草。今天真是匆忙混亂呀……

「阿水，你真是幫了大忙，還幫我們搬東西。」

「如果是為了真紀妳，這點小事不足掛齒。啊，我們會在和去年同一個地方看煙火喔！」

「我知道了，待會立刻就去！」

我、馨和由理直奔淺草寺。

……淺草的氣氛和平常不同，原本每天都擠得水洩不通的淺草寺內，顯得比平常還要空曠一些，真是難得的現象。

這也是理所當然，今天可是大名鼎鼎的東京夏季風情畫之一——隅田川煙火大會當天。

「大黑學長——」

在淺草寺本堂屋頂上，大黑學長與平日的運動服打扮不同，身穿華美和服、戴著符合大黑天身分的帽子，正悠哉用他心愛的團扇搧風。

學長聽到我們叫他，從屋頂上飛躍而下。

展現神明的絕技，身手輕巧地落地……

「學長，你叫我們在淺草四處奔走，結果自己一個人早就占好位置準備看煙火，這樣太過分了吧。」

我雙手握拳扠在腰上，瞇起眼睛。但學長毫不在意地笑道：

「哇哈哈哈，真紀小子，別說這種話啦。我也是不得不守在這。今天淺草人多，不管在好的或壞的層面上，都是既熱鬧又混雜。要是沒看好民眾和煙火，立刻就會發生意外或騷動。話說回來，東西都買齊了嗎？」

「嗯，以遠比預算低的花費買到了燈籠、浴衣還有紅豆喔。學園祭的主題是傳統和風真是太好了～淺草這一帶多的是這種東西，很好買。只要去妖怪們的店，大家都會算我比較便宜。」

「真紀小子，淺草的妖怪們或多或少都受過你的幫助。而且更重要的是，他們都很仰慕，喜歡你。萬一有事情發生，淺草妖怪們絕對都會拔刀相助。」

「……」

「我們就盡可能利用這一點，讓這次的學園祭成功吧！好喔，嘿嘿喔！」

「……喔──」

我勉強應和一下大黑學長的衝勁。原本就悶熱的空氣，因他而變得更加黏滯難耐呀……

「哼，都是學長把我們扯進學園祭裡，害我們就算放暑假，好像還是每天都去學校呀。」

「真紀小子！既然是學生，就要和夥伴們互相幫助，四處奔波揮灑汗水。盡情享受青春是你們這年紀的本分吧？我也是拚老命在當學生呀。連期末考也乖乖應考，化學還因為解答欄全部填錯一格而不及格咧。哇哈哈。」

「學長，那已經是你的興趣了吧？明明是淺草寺的神明，卻混在學生裡面，跟大家一樣揮灑青春。明明只要像這樣穿上華麗和服，在本堂深處擺出威嚴架勢，看起來就很有神明樣呀。」

「啊哈哈哈哈哈。」

大黑學長又開懷地朗聲大笑。

接著，笑著抬頭仰望夏日晚霞。

「我相信人類的力量，也想要更加了解其中奧祕！」

「……人類的力量？」

明明你是個神明？

「人類後代很弱小，比妖怪還要弱小得多。正因為柔弱，所以才會老向神明祈禱。不過，那些微不足道的力量在各個互不相干之處，確實為了幫助這世上的其他人而發揮作用。所以現世才會是無與倫比發達的人類世界。」

「……」

「就算個人的力量很微弱，但人類這種生物，一旦聚集在一起，就能匯集出巨大的爆發力……我想在這次的學園祭親眼見識一下。」

學長揮動團扇搧出的風，吹動了我的瀏海。

的確……人類很弱小，壽命也很短，輕易就會死掉。

普通人類的力量，根本不值得在意。我一直是這樣認為的。

大黑學長口中的「人類的力量」，究竟是指什麼呢？

「不過話說回來，真紀小子，你今天用緞帶綁頭髮，簡直像個女生耶！」

「那個呀，學長。我知道你搞不太清楚人類男女的差別，但我好歹是個貨真價實的女生。」

才剛講完有神明風範的發言，就又犯這種失誤。

有時候不太正常，偶爾有些白目。即便如此，還是讓文化性社團的眾人對他如此服氣，果然是因為學長遠超過一般人的寬大胸襟和毫無陰影的爽朗個性吧。

「學長要在屋頂上看煙火嗎？好好喔，可以唯我獨尊地俯視整個淺草吧。」

「因為這裡是我家呀。」

大黑學長將手扠在腰上，露出與平常略微不同的穩重微笑。

「本堂屋頂是我的特等席。小妖怪們也總是到屋頂上看煙火，就不用擔心會被人類踩扁。」

「啊，真的耶。」

我發現有一些手鞠河童正慢慢地往本堂屋頂上方移動。

身上揹著點心、酒和冰鎮黃瓜，爭先恐後地去搶位置。

「我們接下來要在超級擁擠的人群中奮力前進，去看那只有一瞬間的煙火囉。是說，阿水他們從早上就去占位置了，應該還不算太慘，不過人潮一湧而上的地獄景況是避免不了的。就算這樣，還是忍不住想去看煙火。」

「哇哈哈哈哈。沒看隅田川的煙火，淺草的夏天就不算開始！」

淺草的夏天……嗎？學長也是跟夏天非常相配的神明。

淺草雖然有許多寺廟和神社，但沒有任何一間像淺草寺這麼多遊客、這麼熱鬧的。

特別是淺草寺的大黑天，自江戶時代起就是民眾活力的象徵和支柱。

幾乎每天都像祭典般熱鬧的淺草寺，從參拜民眾身上獲得了滿滿的「活力」，促使這塊土地的發展蒸蒸日上，連帶地大黑學長的激進熱血也就益發不得了。

「喂——真紀。煙火好像快開始囉。」

去買東西的馨和由理回來了。我跑向他們，馬尾在空中飛揚。

「學長偶爾也來河邊看吧？」

馨主動邀請，但大黑學長搖搖頭。

「我在本堂屋頂看就好，要觀察情況……你們幾個，好好享受呀。」

他的滿腔熱血中還透著一股達觀的心念，將我們三個當成小孩子般如此回應。

「……唯獨此時有神明的氣勢呢。」

「嗯啊，畢竟實際上他可是這一帶無人能出其右的偉大神明呢。」

沒錯，而我們只不過是普通人類。

所以每年都來盡情享受隅田川的煙火大會。

在人潮中推來擠去，我像是炫耀般緊緊抓著馨的手臂，再一手施展怪力將快被人潮淹沒的纖弱由理拉回來，好不容易才抵達影兒和阿水占好的位置。

「……啊，開始了。」

砰。啪滋啪滋啪滋……

砰、砰……啪滋啪滋……

靛藍色的夜空中，鮮豔強烈的彩色光芒迸裂四射，朝著隅田川散落。

每年大家都一定要來觀賞這一幕。

如果不這樣，轉世投胎到淺草這塊土地的我們，就無法展開夏天。

於是。

炎熱得幾乎要使人忘卻前世曾為大妖怪這類記憶的炙烈夏季。

揭開序幕了。

我們為了今年的學園祭，策劃了一個文化性社團聯盟的大型計畫「發現河童了嗎？」，所以暑假也成天忙著各種準備工作。

首先，是計畫之一的「電影」。

電影社社長抱著不成功便成仁的決心寫出劇本，大夥根據其內容在上野公園的不忍池附近拍攝，但天氣實在太熱，過程十分難熬……

先是要在公園一個勁兒地追捕河童，在最終戰役後搜尋隊伍又要突然跟河童大和解，一起跳踢踏舞。故事內容就只有這樣，一個不知所云的劇本。但原本只愛靜態室內活動的文化性社團男生們揮汗認真學習踢踏舞，在公園被小朋友指指點點問說「那是在做什麼呀」時也繼續舞動的畫面實在太逗趣了，我笑到肚子都要發疼了。

接著是，我和由理主要參加的「教室擺攤」。

茶道社和家政社共同負責的和風茶屋，菜單相當誘人。

抹茶口味杯子蛋糕、撒滿黃豆粉的艾草糰子、豆漿哈密瓜冰淇淋、艾草蕨餅淋黑蜜等，徹底堅持提供綠色點心。

原本這種學生玩票性質的教室擺攤，乳製品和生鮮食品通常容易遭到禁止……

但我們的所有食材都會在家政社顧問的監督下，於家政社的冰箱妥善保存，所以標準放寬不少，能夠使用的材料也增加了。

咦？你說這樣太卑鄙了？怎麼會呢，文化性社團擁有的一切資源都要徹底利用才行。

這是我們這次的最高指導原則。

「草莓大福是紅色的喔，雖然很好吃。」

「嗯——怎麼辦，要放棄大福嗎？」

「不過真紀都拿美味的紅豆來了，還是想賣大福。」

體型豐滿、一向溫和沉穩的家政社社長，矢野學姊陷入沉思。

因為她頭上經常綁著三角巾，所以大家都叫她「大娘」。

「菜單也要全部統一用綠色嗎？」

我出聲詢問矢野學姊，但回答我的另有其人。

「當然要綠色呀！」

面向中庭的窗邊突然出現一隻野生河童，不，是大黑學長。他為什麼穿著河童的布偶裝？

「上面可以妝點其他顏色沒關係，但底色一定要綠色！」

「……」

然後大黑學長又颯爽地奔向其他地方。

「這樣……那麼……不要草莓大福，改成奇異果大福如何？剛好也有奇異果。」

「咦，這樣會好吃嗎？」

「多汁又清爽，意外地好吃喔。將奇異果切大塊些，配上略少一點的紅豆餡，再用薄薄一層糯米粉做的麻糬皮包起來。真紀，妳想吃看看嗎？」

「嗯、嗯。」

我最喜歡給我東西吃的人了。所以我也喜歡讓我吃現做奇異果大福的矢野學姊。

而且這個奇異果大福，美味程度令人驚奇不已。

與草莓大福的黃金組合不同，在甜酸滋味刺激口腔的同時能嚐到清爽風味，和甘甜豆餡搭配得恰到好處。太滿足了。

「欸欸，真紀～妳看，是時髦小姐(註5)喔。」

我嘴裡正好塞滿奇異果大福時，在隔壁服製室製作和風茶屋服裝的服製社成員宮永來了，她也是二年級的。

她拿著和風茶屋女侍的制服——傳統日式長褶裙過來。

「哇，好可愛！」

「是吧？我就覺得真紀絕對是紅色褶裙最搭～不過其他人都是綠色或深藍色就是。」

褶裙是買二手衣物修改成的，所以每件的顏色和花樣都不同。她拿給我看的是黑色上衣搭鮮紅褶裙的組合。

宮永說希望我當場試穿。

「……哦，做得很漂亮耶。」

由理湊近一看。他手上正好拿著泡茶用具。

女生要穿傳統長褶裙，而男生似乎會穿由理從家裡旅館拿來的舊浴衣，宮永因為這件事向由理出聲道謝。在由理的立場上，自己家用不到的東西可以在這次活動中派上用場，他似乎滿高興的。

不過……

我們是第一次像這樣跟許多同學互動，積極參與校內活動。

這次和那些雖然記得名字跟臉，但過去不太交流的同學們，也多了不少講話的機會，總覺得令人有些不知所措……

「欸，由理，是說馨呢？」

「他在中庭呀，正在做道具。」

「啊，真的耶。」

從這間烹飪教室也能清楚望見中庭。頭上綁著毛巾、穿著連身工作服的馨，正和其他男同學一起用鋸子切割合板。

馨主要負責的企畫是「鬼屋」。

在鬼屋中自由走動，同時學習關於河童的有趣知識。這是最接近早見同學原始企畫的活動。

馨很擅長設計和製作東西，所以負責在這邊製作道具。

註5：是一九八二年春季至秋季公開播映的ＮＨＫ連續劇，女主角總是身穿傳統日式長褶裙。

他雖然是外表美型的優等生，但其實相當喜歡自己動手做木工呢。將來我們結婚，建好有庭院的房子時，一定要叫他在院子裡蓋個木造露台。我忍不住作起白日夢。

突然，烹飪教室的門氣勢驚人地被甩開。

「太爛了太爛了太爛了！氣死我了！」

進來的是美術社的丸山，那個戴紅框眼鏡的鮑伯頭女生。

「我還是問一下，丸山，發生什麼事了？」

「茨木，妳聽我說！太過分了啦！學生會做的學園祭手冊上，居然沒介紹我們的聯合企畫！」

依照丸山的說法，我們是因為企畫遭到大幅修正，提交晚了，沒趕上印製手冊的期限，企畫內容才會沒有刊登在上面。

「他們講的理由聽起來很合理，但妳知道嗎！聽說橄欖球社比我們還晚交，但就只有他們的企畫還受到大篇幅介紹。啊啊啊，真是氣死人了，副會長那個王八蛋～」

「別、別氣呀，丸山。那我有個好主意喔。」

此時，由理發揮他的聰明才智。他到底有什麼打算呢？

「我想去一下新聞社。」

「咦？新聞社！為什麼？」

「新聞社會在學園祭時出一份特刊，裡面的新聞都是大家平常會感興趣的各種八卦消息，所以每次都賣得很好呢。既然手冊不讓我們登，那我們就登上那份特刊做宣傳吧。」

「可是，繼見，我聽說新聞社不會理睬這種要求喔。」

「嗯，別擔心別擔心，我想呢……」

由理將食指輕輕擺在唇上，向擔憂的女生們展露意味深長的微笑。

女孩們還在為此心跳不已時，我和由理已快步走出烹飪教室。

「由理，你在想什麼？我實在……不太喜歡新聞社。」

「我認為啦，只要條件有足夠吸引力，他們應該會願意跟我們談，而且新聞社和學生會兩邊長久以來又互相敵視，還有……在校外教學時，她還欠了我們一個人情呀。」

「……啊，原來如此，居然是想要威脅人家。你那張可愛的臉蛋下，居然打著壞主意呢。」

「呵呵，我前世是大妖怪呀。」

因此，我們前往本校擁有悠久歷史的新聞社社辦。

新聞社社辦位在不受矚目的舊館三樓，我和由理爬上通往三樓的階梯，經過長長的走廊。舊館的教室除了一樓之外，幾乎都沒在使用了，到了三樓更是一個人影都沒有，窗戶也都關得緊緊的，絲毫聽不見外頭聲音。

在長長的走廊上，令人緊繃神經的寂靜與積滿灰塵的氣味中，只有兩雙校內便鞋的腳步聲響著。

在學校內碰上這種令人心跳加速的氣息，好像有點像妖氣呢……

「……嗯？」

舊理化實驗室。我從走廊這側窗戶朝裡頭瞄了一眼，有人在。

理化老師……？

那個人身穿白袍，似乎正從教室裡的窗戶望著中庭。

最讓我訝異的是，那位老師的頭髮……是金色的？

因為他背對這個方向，看不到臉，但那位老師的頭髮看起來像是閃閃發亮的金色……而且好像還在抽菸。這裡是學校耶？

「欸，由理。學校裡有這種老師嗎？這樣、金髮的……」

「嗯？怎麼了？」

「啊，不見了。」

是因為我為了叫住由理眼神移開了一瞬間嗎？那位老師剛剛在的地方，現在已經沒了人影。是進去隔壁的器材室了嗎？

「或許是新的生物老師。是趁暑假先來放東西的吧？」

「什麼呀，原來是這樣。不是什麼奇怪的事呀……」

我和由理再次朝實驗室裡窺探，但沒再看見那位新生物老師的身影。

「什麼？希望我們在學園祭特刊中登文化性社團的企畫？」

是說，我們到新聞社社辦時，在裡頭的人是同班同學相場滿。

將一頭黑髮在左右綁起雙馬尾，特徵是齊平短瀏海，愛裝可愛的女孩。

此刻，她正單手拿著便利商店買來的果醬麵包，略為駝背地坐在椅上，目光炯炯地緊盯著電腦看。

之前校外教學時，我們曾在她迷路時把她找回來。

「欸，拜託啦，小滿。校外教學時我們救過妳不是嗎？」

「幹嘛叫我小滿，我們有這麼熟嗎！話說，拜託妳別提那件事了，那可是我超級想忘掉的黑歷史！我說過啦，根本沒有多餘空間介紹妳們的企畫。」

「相場，不能麻煩妳想想辦法嗎？文化性社團的大家真的是被學生會趕盡殺絕，現在不知該如何是好。」

「這、這個……我也覺得學生會的決定不太講理啦～」

由理一出聲求情，小滿就伸手輕撫瀏海，姿態放軟。不愧是美男子……

「欸，拜託啦，小滿。只要妳在特刊上登文化性社團聯盟的企畫，我就將妳當時露出本性哭喊的事情立刻忘記。」

「啊啊啊啊啊！我不是叫妳別再提那件事！」

小滿用一點也不可愛的聲音大吼，將桌上原稿都拋到空中。

在紙片飄落的情境下，我們依舊神情認真、一個勁兒地懇求：「拜託妳啦，小滿。」

這並非威脅。純粹只是在交涉……

「小滿，我回來了——啊——實在熱死我了——夏天長時間躲在學生會辦公室的掃除用具櫃，有夠刺激又悶熱的……咦？」

在這時回到新聞社社辦的是社長田口學姊。

幹勁十足，會緊緊追著目標到處跑的危險人物。

她的短髮因汗水而黏在額頭上，似乎是因為直到剛才為止，她都躲在學生會辦公室的掃除用具櫃裡面。這也太厲害了吧。

「啊啊啊啊，你們不是民俗學研究社的人嗎！怎麼了，怎麼會來這邊？啊，可以讓我訪問你們嗎？天酒沒過來嗎——？」

「學姊，妳冷靜一點。這些人說想要在我們的特刊上宣傳學園祭的企畫～」

「哦——難道是那個文化性社團聯盟的嗎？是叫『河童大戰爭』嗎？大黑在指揮的那個吧？」

「……不，不是河童大戰爭，是叫『發現河童了嗎？』。」

我和由理在田口學姊閃閃發亮、咄咄逼人的注視下，有些退縮地回答。

「大黑真的很不錯耶——那股拚老命要帶領文化性社團的衝勁。嗯嗯，現在很少有人這麼熱血又有男子氣概了，不過他總有種難以捉摸的神祕感，挑動了我的神經。之前有一次跟蹤他，但最後連他家在哪都沒搞清楚就被甩開了呢～」

「咦……那樣不是跟蹤狂……」

「所以咧，你們是來幹嘛的？文化性社團的企畫宣傳嗎？好呀，沒問題喔——」

田口學姊像要是蓋掉我們的疑問，爽快答應。

她似乎願意寫報導介紹我們的企畫。

「等一下，田口學姊！我們沒有那種位置了啦～！」

「沒問題啦，小滿。挺身力抗學生會，文化性社團的奮鬥……不覺得這個題材還不錯嗎？大家呀，就是喜歡遭到掌權方欺凌的弱者，憑藉智慧和努力扳回一城的故事，而且……」

田口學姊不懷好意地盯著我們，眼睛瞇成一條細縫。

「我們幫你在特刊上做宣傳，那可以讓我訪問你們兩位當作交換條件嗎？」

「……」

因為這樣，我們的大計畫連新聞社都牽連進來，持續向前推進。

身為前大妖怪的我們，與至今認為不知該如何交流的許多人類一起努力。

人類的孩子呀，盡情享受河童色的青春吧。

沒錯，正如淺草神明所言。

第六章 暴風雨的夜晚

「……情況大致就是這樣，媽媽，爸爸，我還滿揮灑青春的吧？」

線香的冉冉白煙連同沉靜香氣，遭強風吹散……

身穿黑色喪服打扮，我合掌抬頭仰望天空。

剛好是盂蘭盆節前這個奇特的時間點。我爸媽在三年前的今天去世了。

每個月一次，多則兩次。

我經常來爸媽墳前掃墓，但今天的感覺特別不同。

……非常冷。

「真紀，差不多該走了……今晚有颱風要來。」

「我知道，馨。而且小麻糬還托在隔壁的風太那兒呢。」

才站起身，突然就有一陣強風颳來。

氣象預報說今晚颱風難得會掃過東京。

我並不討厭暴風雨，但為什麼偏偏是今天啦……

才插好的菊花和錦燈籠，可能明天就會被吹跑了。

是因為穿不慣喪服的關係，還是鞋跟卡在碎石縫隙。

是因為暴風雨來臨前的風勢太強，或者是……

「哇！」

我一個不小心踉蹌失去平衡，馨趕緊從旁邊穩穩扶住我的肩膀。

「啊，馨，謝謝你。」

「……小心一點啦。」

喪服裝扮的馨，今天仍是一如往常地面無表情。

不過，神情似乎比平日更剛毅。

「啊，雨……」

雨滴開始落下，我們不約而同地加快腳步。

雨勢立刻增強，傘也發揮不了多少作用。

「請來這邊避雨。」

「師父。」

我們接受此處的和尚好意，到祠堂中躲雨。

這間寺廟的和尚和淺草地下街有關連，也曉得我和馨的情況。聽說他也是從小就能看見妖怪這類生物。

「我去端茶過來。熱的……比較好吧？」

「師父，謝謝你。」

我們在外側沿廊坐下來，等待雨停。

好冷。現在明明是夏天……

「淋溼了嗎？」

「有一點。喪服得送去給人家洗了。」

「給妳，手帕。」

馨遞過來一條灰色手帕，我接過拭去肩上的水滴。

「好樸素的手帕喔。」

「我話說在前面，這可是妳之前送我的生日禮物。」

「咦？是這樣嗎？」

看我動作慢吞吞地，馨說句「拿來」就把手帕搶了回去，開始擦拭我淋溼的頭髮和臉頰。

我乖巧地任由他服務，感覺並不壞。

「你今天特別會照顧人耶。」

「……妳自己可能沒有發現，但妳今天很沒精神，動作也比平常遲緩很多，聲音也是有氣無力的。」

「有嗎？不過你都這樣說了，應該就是這樣吧……」

我輕輕一笑。不過果然好冷，無力保持微笑。

隔著似乎要碰到彼此又好像沒有碰到的距離，我和馨比鄰而坐。

隱約能感受到馨身上的熱度，同時迷濛地望著灰色的墓地。

整片灰色。墓碑也是。天空也是。

「在想妳爸媽的事嗎？」

馨突然發問。

「……是呢，每年的今天總會忍不住想呢。」

「妳有什麼話忘了跟他們說嗎？」

「有好多喔……幾乎什麼都還沒說呀。」

始終隱瞞著前世的事。

同時無可避免地，只能說謊到底。

「我們家感情雖然很好，但就算是這樣……爸媽仍舊不曉得我是妖怪轉生的事就死了。」

「……」

「這是個相當嚴重的『謊言』吧？我直到最後都持續欺騙他們。可是，不知道真相就死了，在某種層面上，或許也是一種幸福吧。」

偶爾，我會忍不住想。

如果他們得知我其實是妖怪轉世的……是由茨木童子這個人類仇視的大妖怪投胎而成的孩子……會有什麼樣的反應呢？

會驚愣在原地嗎？還是會感到滿頭霧水呢？

會不會無法再將我當成寶貝女兒呢……？

一直沒能坦白這一點，我心裡的某處似乎持續因為這個「謊言」而深受折磨。

「馨，你也不喜歡吧？在無止盡的欺騙中裝成家人。」

所以什麼都無法說出口，什麼都沒辦法做，只能任憑格格不入的感受侵蝕家人感情，終至分道揚鑣。

「我……只是太木訥，不靈巧。」

「呵呵，明明你的手這麼靈巧呢……究竟為什麼呢？」

對於輕易死去的爸媽，我只有在墓前才能完全坦白。

或許有點太遲了，但我將曾經身為妖怪的過去都全盤托出，在這個前提之下，毫無保留地什麼都說。

是說，如果情況並非如此，根本一切都無法訴說。

淺草妖怪的事，淺草地下街的大和組長、阿水，還有影兒的事。

更重要的，或許爸媽生前感到最不可思議的，關於我、馨和由理之間的羈絆……

「由理內心肯定也有這種掙扎吧？特別是只有由理現在還跟家人生活在一起……」

明明就在身邊，卻必須不停偽裝。因為生活中淨是無法傾訴的事情。

我認為那樣非常辛苦。畢竟無法將自己很重要的一部分展露在家人面前。

「……」

片刻，只有沉默流動著。

但沉默完全不會令人尷尬。我們就是這樣的關係。

「……啊，是他們。」

我很想什麼都不做，就只是兩個人這樣靜靜在一起……可是……

為什麼偏偏這種時候，那些討厭鬼就會冒出來呢？

「妳是茨木真紀吧……」

「吃掉她，吃掉她……」

從墓碑之間突然出現的，是化成人形的猿面妖怪。

「猩猩？想要攻擊真紀的妖怪嗎？有三隻呀。」

「……看起來就是一副聽到風聲，特別從山上下來的感覺呢。」

之前在這片墓地，也曾有妖怪指名道姓展開攻擊。

盯上我而來到這附近的妖怪，似乎比我預想的更多。

「真是的，今天是爸媽忌日，我剛好沒帶釘棒來呀。」

「啊，喂，真紀！」

我脫下高跟鞋，從祠堂外側沿廊跳到墓地上，借用上頭寫著南無阿彌陀佛的卒塔婆。就是那個插在墓後的細長木板。

「歡迎光臨呀，猩猩們。想要我，就得先打倒我再說。希望你們不要先被我痛扁得慘兮兮呀。」

我撥開遭雨淋溼的頭髮，表情囂張地出言挑釁，他們立刻對我發動攻勢。仍是一身喪服打扮的我，也將單腳用力朝地面一蹬，朝猩猩們使出我的得意絕技。

「場外再見全壘打！」

「啊啊啊～」

是的，毫無意外的結果。

劃開天際與大雨的銳利聲音，還有愚蠢猩猩的慘叫聲同時響起，才揮一棒就將三隻一起掃上天了。力氣依然大到遠遠超過一般高中女生呀……

但是，我卻沒有留意到平常我肯定會發現的其他殺氣。

「喂！真紀，危險！」

在灰濛濛的視線範圍內，一個黑點朝我飛撲而來。

一團黑塊挾帶強勁風勢飛撲過來，張開大口想要吞下我的頭，我反應慢了一拍，是馨扯住我的衣領將我一把拉開。

那團黑塊猛烈撞上墓地的巨大看板。他哀號了一會兒，蜷縮在地上。

「他、他撞得太慘了，好慘……」

「總比妳被妖怪吞掉好吧。」

馨扶住我，拉我站好。

這段時間內，我仍沒有將目光從那團黑塊身上移開。

「那是什麼？長毛黑怪嗎？不對……是犬妖嗎？」

那個身影讓人猜不透是什麼。

蓬鬆雜亂的黑毛團狀物，伸出強壯的四隻腳。

看起來確實像長毛黑怪，也像毛茸茸的黑狗，不過那傢伙緩緩搖晃了下身體，接著——

「！」

朝這個方向猛衝過來，張開血盆大口，露出銳利尖牙，朝我們發動攻勢。

我和馨立刻朝左右兩邊跳開，那團黑塊狠狠撞上外側沿廊的欄杆，損壞了祠堂一角。

「真紀！」

「馨，你去幫師父！」

和尚人剛好在遭到破壞的祠堂前面，驚嚇到站不起身，馨趕去幫他。

我手裡仍握著卒塔婆，走到那個妖怪前方。

黑狗……嗎？

「……你如此憎恨的是什麼呢？」

從蓬亂的黑毛縫隙中，露出混濁而鋒利的眼神。

口水沿著露在外頭的凶惡尖牙滴下，滴入下雨積成的水窪。

「你看起來相當痛苦呢……是為了殘留在墓地中的靈力而來的嗎？像你這樣的野狗待在外頭，可怕的陰陽局退魔師們很快就會追上來了吧？」
「唔唔喔……喀嚕嚕唔喔……唔喀吼啊啊啊！」
但那團巨大黑塊完全不聽我講話，只是一個勁兒地咆哮。
「……？」
他的吐息中透著些許邪惡的靈力，我不禁皺起眉頭……
那團黑塊站起身，再次朝我襲來。
「……真是的。」
我舉好卒塔婆，算好他撲過來的時機，大大退後一步，狠狠蹬了一下後方樹幹飛躍而起，趁勢使勁將卒塔婆狠狠砸在那隻獸的腦門上。
「好，輕鬆搞定。」
因反作用力而再次躍起的身體轉了一圈後，我赤腳降落在積水中，水花啪唰四濺。
雖然只不過是塊木板，但灌入靈力後，可以化為鋒利的刀，也能成為堅硬的棒。
而卒塔婆原本上頭就寫著佛號，是禮佛用具，以武器來說算是相當出色。
「唔唔喔……唔唔……」
這隻黑狗趴在地上渾身發顫，但仍是惡狠狠地瞪著我。
「你也是聽到我的消息來吃我的嗎？還是有什麼事呢……？」

我在那道目光中隱約感覺到什麼訊息，再次走近黑狗，觸碰他趴著的身軀。

「！」

他的身體非常冰冷，我原本以為是毛的東西，原來是在身體表面晃動的黑霧。實在太過冰涼，我忍不住縮回手。

……這隻狗該不會快要變成惡妖了？

「欸，如果你肚子餓了，我們可以給你食物吃，如果靈力不夠，我們可以找東西幫你補充。淺草地下街有好東西喔，所以，不行。雖然我不曉得你發生了什麼事，但變成惡妖這……」

「唔噶唔喔……唔噶喔啊啊啊啊啊吼！」

但那隻獸就像要否定我的話一般，發出幾乎能刺痛皮膚的銳利咆哮，奮力擠出最後一絲力氣，朝我的喉嚨咬來。

啊啊……我果然相當不對勁。

雖然一方面內心也有點動搖，但這種危急時刻，我居然無法動彈……

然而就在獸牙似乎碰到喉嚨的瞬間，馨從旁邊使勁將那個黑色塊狀身軀踹開。

「不准碰真紀。」

無論是使出全力的馨，或是他靜靜盈滿怒氣的表情，都十分少見。

黑獸劃過天際，身軀猛烈撞上墓碑。

或許是這一擊太過沉重，或許是畏怯於馨散發的敵意，那隻獸腳步虛浮地逃走。

「啊，等一下……！」

雖想叫住他，但雨勢太大霧氣太濃，那隻獸立刻就消失蹤影。我們也無法追上去，只能佇立在不斷擊打身上的大雨中。

那隻獸，今後會怎麼樣呢？

「喂，真紀，妳沒事吧……！」

「嗯，你救了我，沒事喔。」

「……妳的脖子。」

馨撥開我的頭髮，輕觸我的後頸。

從他那張皺緊眉間的複雜神情，我才察覺到……我，受傷了吧。

應該只是擦傷，但馨肯定會很在意。

「不會痛啦。不會痛喔。馨。」

「不是痛不痛的問題，要趕快擦藥才行。妳身上的喪服也毀囉。」

話語淡然，聲音聽起來也沒有生氣。

反倒是深深感到他的擔心。

「馨，對不起。」

「對不起什麼……反正肯定是偷吃了我買給自己的巧克力冰淇淋之類的理由吧。這種事妳現在才想起來嗎？」

「……是啦，確實，那個也是對不起啦。」

「妳果然有吃嗎？妳果然有吃嗎？」

馨應該明瞭我道歉的涵義。只是為了避免讓氣氛過於沉重，特別轉開話題。

即使沒有發生這場意外，今天原本就是爸媽的忌日了。

暴風雨之前的一場雨。

遇上了正要變成惡妖的悲哀妖怪。

很令人掛心，而我內心的烏雲似乎沒有散開的跡象……

那之後，和尚在祠堂替我脖子的擦傷上藥，借我浴巾包住溼透的身軀，還開車載我們回家。

祠堂、墓碑、看板都毀損了，不過淺草地下街專職修理的妖怪黑子坊主似乎會來收拾善後。

組長，每次都太感謝你了……我在內心暗自合掌道謝。

「哈啾哈啾哈啾……啊，一直打噴嚏。」

「妳都溼成這樣了呀，快點去泡澡暖暖身體。」

我們去隔壁風太家接回企鵝寶寶小麻糬後，就直接回到我房間，馨馬上幫我將泡澡水加熱。

「馨，幫我拉一下後面。」

「……真是的。」

喪服溼透後拉鍊變得很難拉，所以我請馨幫忙。脫下喪服後，我就穿著裡頭薄薄一件的細肩帶連身內衣，朝浴室走去。

馨也到洗衣機前面，將溼透的襯衫脫下，用毛巾擦乾身體。

「……」

我浸在熱水裡，靜靜地閉上雙眼。

自從爸媽過世後，每年的這一天都是這樣。

從早上醒來的那瞬間開始，我的狀況就很不對勁。

馨非常清楚這一點，所以總是一整天寸步不離我身邊，由理為了避免讓我還要強顏歡笑顧及他，今天絕對不會來找我，將一切都交託給馨。

喀噠喀噠……喀噠喀噠……

強風吹得浴室窗戶陣陣晃動。

「今晚有颱風呀……那隻黑色的妖怪，沒問題吧？」

我用雙手掬起浴缸裡的熱水，啪唰地洗了臉。

肩膀以下都泡在熱水裡，邊聽著風聲呼嘯，邊等冰涼的身子暖起來……

慢慢地，慢慢地。

因為想要驅趕那朝我席捲而來的強烈寒意。

「馨——我泡好囉。我已經重新加熱過了，你也趕快進去泡吧。」

馨待在房間角落，正和企鵝寶寶小麻糬一起玩積木。電視停留在追蹤颱風速報的新聞頻道，但他根本看也沒看一眼……

「喔喔，你真的很靈巧耶，因為雖然外觀是企鵝但其實不是嗎？」

「噗咿喔～噗咿喔～」

「你知道家是什麼東西嗎？你是優秀的建築師耶。這種地方跟我滿像的呢。」

積木是馨在整理舊家時找到，帶過來的。

似乎是小時候他爸媽買給他的。雖然他以前行為舉止都不像個孩子，但就只有玩積木和樂高方塊時會玩得不亦樂乎。

最近小麻糬也常在玩這個。他會自己堆出一個小小的家，非常厲害。只要馨稱讚他，就會開心地上下拍動翅膀。

「那麼，麻糬糬，接著去找你媽玩。但她是破壞大王，可能會把你做好的家弄壞就是了。」

馨還是用莫名其妙的暱稱叫小麻糬。

他很喜歡泡澡，一臉愉悅地朝浴室走去。

「小麻糬，你吃點心了嗎？要不要吃香蕉？」

香蕉是小麻糬喜歡的食物之一。我從廚房拿出來給他看後，他就連相當喜愛的積木都丟在一旁，啪噠啪噠地走過來。我喊著：「抓到你了！」將小麻糬抱起來放在大腿上。我搓了搓他毛茸茸的灰色身軀，好溫暖……

我剝開香蕉皮，掰一小塊放到小麻糬嘴邊。他就將嘴巴大大張開，一口吞下去。

「好吃嗎？」

「噗咿喔！噗咿喔！」

小麻糬像在說「還要還要」似地抬頭望著我，嘴巴張得開開的。

先掰一小塊香蕉給他，接著再掰一小塊給他。

沒多久，他用肢體動作表示要自己拿，我就將剩下的香蕉整根遞給小麻糬。

他吃得渾然忘我的可愛模樣，稍稍撫慰了我，內心湧現暖意。

這麼說起來，我小時候是個老是肚子餓，也常常催促爸媽說我要吃飯我要吃飯的小孩呀。為了維持這巨大的靈力，我吃的比普通人類多很多。

……媽媽和爸爸看我這樣吃的比一般小孩多這麼多，不曉得內心是怎麼想的呢？

害他們辛苦了。

肚子一天到晚餓得咕嚕咕嚕叫，曾有人懷疑他們虐待兒童。

相反地，阿姨還曾因為覺得他們讓我吃太多而對媽媽發脾氣。

不對。

媽媽大概隱隱約約地明白。那就是我。

總是做許多好吃料理給我吃。即使工作很忙，還是每天都幫我做便當。她親手做的玉米漢堡排，我到現在還很想念。

爸爸也是，每次出差一定會買土產回來給我。只要我說了：「下次還想吃！」他就會記在心上，之後去同樣地方時都會買回來。

爸媽真的很愛我。就因為這樣，因為這樣……

我總忍不住暗自揣測，要是他們知道我上輩子是妖怪，而且還保有那段記憶，那麼感情融洽的一家人會變成什麼樣呢？

「……風變強了耶。」

我將窗戶稍微打開，看見灰色的雲快速移動。

厚重烏雲。我想起……烏雲密布的平安時代。

當時的雙親拋棄了變成鬼的我，將我交由陰陽師們處置。

然後，就再也不曾來看過我。

那時的我受到龐大靈力保護，不會單純因為咒術或物理性攻擊就死去。因而被監禁在設下結界的陰暗牢籠，長時間斷絕飲水和食物的供給。

想必是為了等我的靈力逐漸枯竭、衰弱吧？

對妖怪來說，沒有比靈力不足更痛苦的事了。

體內遭到寒氣和疼痛的侵襲，而更令人難以忍受的是，我非常、非常地孤單。

我好想死，好想死。乾脆直接殺了我。我吶喊了無數次……

就連這微薄的願望都不被接受。我詛咒一切。

「真紀，真紀，我好囉……什麼呀，妳怎麼睡倒在地上。」

馨剛洗完澡，穿著黑色T恤，動作粗魯地用毛巾擦拭溼髮，同時似乎是發現什麼，一直低頭盯著我瞧。

「真紀，妳怎麼了？臉很紅耶，該不會發燒了吧？」

「有嗎？可是我身體沒特別覺得不舒服……」

馨將手心貼在我的臉頰上，又輕輕撥開自己的瀏海，摸了摸自己的額頭。

「……妳果然有發燒，比剛洗完澡的我還要燙。」

「嗯……又有淋到雨，是夏季的流行性感冒嗎？」

「真要說的話，是內心和靈力太過混亂了。對妳來說，今天就是這樣。」

「……」

「去睡吧。快睡，結束這一天。等颱風走了之後，妳應該就恢復正常了啦。」

馨說完，就將四腳桌搬開，開始鋪床鋪。我則一一將東西移開，清出一個空位。然後在鋪好的床鋪上，又橫躺了下去。

確實，今天一整天身體都沒有力氣。如果可以，我只想懶洋洋地癱著。

「晚飯，要吃什麼嗎？」

「……沒關係，我會吃香蕉。馨，你早點回去，等颱風來了就回不了家囉。」

「……我，今天……」

馨話說到一半，手抵在額頭上顯得有些猶豫，嘆了口氣又搔搔頭，似乎有些慌張和掙扎。

一會兒後，馨不見了。

咦？他去哪了？好冷……好冷……明明是夏天，卻好冷。

「這個，妳蓋著。」

他輕輕將某個溫暖的東西蓋在我身上。

是小麻糬平時愛不釋手的那條嬰兒用毛毯。這是我小時候用過的東西。一直以來都捨不得丟掉。上頭還沾著爸媽的氣味。

不行了，一聞到這個氣味……

我就快哭出來了。只好將挨近身旁的小麻糬抱緊，將臉埋在他的肚子，藏住眼淚。

「馨，晚安。」

然後，拜拜。明天見。

馨肯定會直接回家，我也會沉入夢鄉。

睡吧，告別今天，所有的紛擾不休即將遠去，迎接明天的到來。

然後，馨肯定會來接我。

○

「晴明，晴明！放我出去，放我離開這裡！」

「……我不能讓您離開這裡。為了這個都城。為了人類社會。」

「我不要。不要、這樣對我……！晴明，你不是一直保護我，不讓妖怪欺負我嗎！」

沒錯。是我變成妖怪的那個夜晚。

陰陽師安倍晴明，還有當時最厲害的退魔師源賴光抓了我，幽禁在那座監牢裡。

「賴光、賴光，為什麼？這樣對我……」

「茨姬……請原諒我。」

賴光一臉懊喪地握著監牢的柵欄，流淚擠出懺悔話語。

直到今天我依然記得一清二楚。還有當我領悟自己再也無法踏上外界土地時，那種絕望。

在監牢四處貼滿靈符，設下強大的結界，為了避免我逃跑，又在腳上鎖了腳鍊。

「不要不要！放我出去、放我出去放我出去！」

所有人都離開了，關上沉重的門扉。

我從柵欄的縫隙向外伸出手，但另一頭並沒有救贖。

爸爸也好媽媽也好，都不打算再見我。

至今一直保護我的晴明，還有青梅竹馬賴光也……長久以來疼愛我的人們，全都疏遠我，打算殺了我。

已經沒有任何人愛我了……

「那不如乾脆殺了我算了。晴明……賴光……如果是你們，應該辦得到才對。」

在幽暗空間中，我不停失控大鬧，但仍無法破壞晴明強大的結界。終於，我放棄了逃走的念頭。我將於這個無人在意的角落，慢慢化成一副骸骨吧？

……我很清楚他們不放我出去的理由。

我變成了鬼。覺醒的力量震裂大地，造成嚴重破壞，傷害了許多人。

但我並不是自願變成鬼的。

我，這份生命，就只能在這兒慢慢凋零了嗎？

好孤單。我好孤單……

至少來看看我呀。晴明……賴光……

要殺我也可以。想要我的命也無所謂。

我不想一個人死去。我不要孤零零地死去……！

「……」

在無法獲得他人溫暖的孤獨景況下入睡，我就老是會作這個夢。

我記不清楚夢的內容，但夢裡頭，我身處一個溫暖的地方，有人叫喚著我的名字。

然而，每當從夢境中醒來領會到的那個現實，太過殘酷，我……

痛苦終於轉變成憎恨，我……身上開始出現近似詛咒的黑色靈力。

沒錯。我差點就要變成惡妖了。

可是，他對我伸出了手……

出現在透進光線的門扉另一側，將我從監牢中救走的，黑髮黑眼睛、俊美的鬼。

好幾次看見他站在那棵枝垂櫻下，卻總是受到晴明的結界所阻隔，無法觸碰彼此的，非人存在。

平安京最強大的邪惡存在，酒吞童子。

我的命運。

但要讓茨姬和酒吞童子心意相通，還要再花上一些時間。

雖然我自身也是鬼，卻極度害怕妖怪。因為我再也無法相信任何事物了。

一開始，我也非常害怕讓酒吞童子碰到我。不過……

茨姬。欸，茨姬。

他如此叫喚我的名字，朝我伸出手。

酒吞童子這個鬼，並沒有因為不斷遭到拒絕而拋棄我，反而堅持在他的隱密藏身處照料我，個性木訥卻寫情書表達心意，還出乎意料地摘花送我。

等我的身體復原到稍微可以活動，就帶我出門去看去吃那些我從未見過的新奇玩意兒或食物。

待在受傷的我身邊，愛我。

愛著原本以為自己再也不會被人所愛的，這個我……

○

有什麼東西擊打窗戶的聲音，讓我驀地驚醒。

果然又作夢了。雖然是不愉快的夢境，但從半途開始就令人感到十分懷念，轉為十分珍惜的記憶，可惜……

夢，總是在美好時分戛然而止呢。

現在似乎剛好是半夜，颱風強度最猛烈的時刻。這棟破爛公寓因強風而劇烈搖晃著，沒問題吧？

……咕嚕咕嚕。

「妳肚子也叫得太大聲了吧。」

誰？應該沒有其他人的房內，卻傳來了聲音。我站起身，環顧四周。

「咦？馨？」

我十分詫異。馨就坐在房間角落，憑藉著鬼火微弱的亮光，正在看漫畫。

「你不是回自己家了嗎？為什麼在這裡？」

「……風太強了。我想說在這過夜好了。」

馨明明一直那麼抗拒在我家過夜的……我實在很訝異。

「不過我沒睡，沒睡，所以安全過關。」

「那是什麼邏輯？」

「我的邏輯。我跟風太借了整套原本就想看的漫畫，打算要一口氣看完。」

「……」

我眨動雙眼，微側著頭這麼說：

「你真是個傻瓜耶。」

「什麼？」

馨的表情清楚顯示了他大為訝異，但我認為他實在是個傻瓜。

傻得太認真了。而且，傻到從以前就一直是這樣，不曾改變。我的丈夫。

「呵呵，你就是傻瓜呀。明明丟下我回家就好了。你看起來很想睡喔。」

「妳這個鬼妻太過分了吧。我是怕妳醒來時孤零零一人又肚子餓。」

「……馨，我知道喔。」

馨今天一直很擔心我。所以，在颱風來臨的這一天晚上，怕我一個人寂寞又肚子餓，會感到脆弱，才留在這裡陪我。

我爬到馨身旁，將臉湊近盤腿坐著的馨的臉，綻放燦爛的笑容。然後，再說一次。

「馨，我知道喔！」

「……哼，看這樣子，似乎稍微恢復正常了。」

「嗯，但我肚子餓了。畢竟我沒吃晚餐。」

「……我可以幫妳做荷包蛋吐司。剛好風太因為要去沖繩，將冰箱裡吃不完的火腿和起士片給我們。這我還做得出來。」

「真的？哇──哇──那蛋要半熟喔。」

「好，我會弄成真紀大姊喜歡的樣子。」

「馨，你今天果然比平常還要溫柔耶？」

「啊？我原本就很溫柔吧？」

「……這話也是沒錯啦！」

我太過興奮，在呼嘯狂風的怒吼中，一口氣打開窗果斷地喊：

「馨今天也是最棒的老公！他說要為我做半熟荷包蛋吐司～！」

「天哪！等一下、妳！妳在幹嘛呀。妳果然還是哪裡不對勁吧？」

快點關窗，快點關窗！馨一邊收拾被風吹亂的室內各處，一邊抱怨。

「爸爸跟媽媽。」

「……啊？」

「我想要藉著這場風，傳話給爸爸和媽媽，說我的馨今天也是超溫柔的老公喔。」

「……」

在天堂的爸爸媽媽。

自從你們過世後，已經是第四個夏天了。

即使寂寞的心情不會消失，即使會遇上令人擔憂的生命，但因為有馨陪在我身旁，所以每次都能平安度過這一天。

因此，別擔心喔。我絕對不是孤零零一個人的。

「呼，太舒暢了~果然就要長髮被強風吹得滿天飄揚才是茨姬。」

「這麼說起來，妳以前就是個喜歡在颱風天出門的危險小孩耶。是說，妳引以為傲的頭髮亂得跟鳥巢一樣囉。」

「……咦？」

我十分珍惜這樣的日常。所以有時會驀地害怕起來。

從夢境中醒來時，會不會其實我還身在那座監牢中……？

不過，每次醒來身旁總是有馨在，不停地呼喚我的名字，朝我伸出手。

即使轉世投胎也不會忘記。當時，是你拯救了我。

還有兩人一起啃荷包蛋吐司的這份微小幸福。

第七章 夏日盡頭的流星

暑假還剩下三天。

天氣明明差不多該轉涼了，卻不知為何連續數日炎熱無比。

學園祭的準備工作自盂蘭盆節後就先暫停，餘下工作等新學期開始後再繼續。但氣溫這麼高，可能還不如去可以吹冷氣的學校涼爽一下比較好咧。

「好熱……都快九月了，怎麼會這麼熱啦。全球暖化嗎？還是東京太熱了？說是水泥叢林，一個不小心，叢林也是整片綠色的危險區域喔。」

「噗咿喔～～」

小麻糬將他喜歡用的檜木桶搬到我腳下，撒嬌要我去裝水。

「好好，這是你的游泳池對吧。」

我將水裝好後，他就跳進清涼的桶中，優哉游哉地游了起來。

「小麻糬，真好耶，很好玩嗎？……啊——只是把手放進水裡也好舒服喔～」

「噗咿喔～」

「話說回來，小麻糬——你要變成企鵝寶寶到什麼時候呀？你喜歡當企鵝寶寶嗎？別忘了原本的模樣呀。」

小麻糬絲毫不在意我的擔憂，讓泡澡用的小雞玩具在水面上擺盪，玩得不亦樂乎。

這是馨在淺草寺內的攤位打工時拿回來的，小麻糬相當中意。

小麻糬他呀，外表雖然是隻企鵝寶寶，但行為就像人類小孩一樣呢。

不僅會一直盯著幼教節目看，身體兩側的翅膀還簡直像裝了磁鐵一樣，拿東西的動作非常靈巧，各種生活情狀都讓人感到不可思議……

「啊——好熱，我大概沒辦法去採買晚餐食材了……」

我有如喪屍般搖搖晃晃地朝放在房間角落的冰箱走去。

必須確認食材。

不過敞開的冰箱前方，飄散出來的冰涼空氣讓人太舒服了，我獲得了短暫的幸福時光。

裡頭只有一根小黃瓜。雖然很熱，但不去買東西不行了……

「唉，是說今年夏天過得好無聊喔～學園祭的準備工作還算好玩，但沒去海邊也沒去游泳池，連馨和由理都不太陪我玩……」

明明沒人在旁邊聽我講話，我卻一個勁兒地叨念。

大概是太熱了，大腦越來越無法思考，腦中淨是浮現一些陰險的念頭。

「馨和由理現在一定都待在涼爽的地方吧……你們等著瞧好了……等有人發現我時，肯定已經早就曬成乾了啦。第一個發現的絕對是馨，我要讓他留下心理創傷。」

「妳是對我有什麼怨恨啦。」
「啊啊啊——！」
有什麼冰涼的東西碰到我的後頸，害我嚇得發出有如殺雞般的驚叫聲。
冷靜下來後，才發現馨站在後頭，他手上拿著還沒拆開包裝、冰冰涼涼的冰棒。
「妳門沒鎖喔，拜託妳門窗一定要鎖啦。」
「敢闖進我房間，小偷是自尋死路。」
「沒錯，我是在擔心小偷的安危……喂，不要一直開著冰箱的門。」
馨把我從冰箱前面趕走，關上門。
失去了唯一的清涼空氣來源，汗水滑落臉頰，再從下巴滴到膝蓋上。
馨拿在手上的冰棒，散發出一股充滿誘惑的冰涼氣息，我眼巴巴地緊盯著目標，搖搖晃晃地伸長了手，嘴裡發出渴求的咕噥聲。
「妳是喪屍喔！很可惜這是我的冰棒，沒有妳的份。」
「啊——才沒有這種事。我們家是納稅制吧！」
「說什麼納稅制，我是工蟻嗎？」
「而且我是蟻后。你的東西就是我的，我的東西還是我的……」
「……哦。」
馨臉上浮現不懷好意的笑容，將冰棒舉到我搆不到的高處。

我拚命伸長了手，喊著：「給我給我！」

「真拿妳沒辦法耶，真紀──」

馨把自己買回來的汽水口味冰棒搖來晃去逐漸拿近我眼前。

我一把搶過來，撕開袋子全心全意大口享用。

另一方面，馨就如平常一樣，從冰箱拿出罐裝可樂喝。

「這麼說起來……你不是才剛去打工嗎？怎麼現在就回來了？」

「啊──說到這個，今天的打工不是拉麵店嗎？店長說因為家裡有些狀況，要歇業一陣子。這個打工很好賺，但得先去找其他的了──」

馨一臉惋惜。但我認為他老是忙著打工，能夠趁機休息一下也是滿好的。

「啊，對了，妳，明天……沒有什麼事吧？」

「什麼什麼，明天會有什麼事？是好玩的事嗎？」

總覺得是好預感，我趴在地板上朝馨爬去。

「由理說要一起去深山的露營區玩，阿姨可以休假，要帶我們一起去。他妹若葉也會來喔。剛剛有傳群組訊息來吧？」

「嗯？」

我伸手進包包摸索，將一直丟在裡頭的手機拿出來。

的確，在「民俗學研究社」的群組中，由理傳了約大家去玩的邀請訊息。我剛剛沒有發現，腦中還胡思亂想了一堆充滿怨氣的想像……

不過，沒想到在暑假尾聲居然能有這樣充滿夏天氣息的活動降臨！

「深山的露營區嗎？要做什麼呢？搭帳棚嗎？」

「不是帳棚啦，要住小木屋。聽說有河可以游泳，還能烤肉。」

「烤肉？我去我去我去絕對要去！小河正在呼喚我！」

我掩不住滿臉喜悅興奮。而馨神情認真地問：

「……不過，妳有泳衣嗎？」

「咦？有學校的泳衣呀。」

……啊。馨一臉幻滅的表情……

那傢伙將手指抵在額頭上，低聲嘟噥了一會兒，最後拿起電話打給由理。

「啊，喂，由理嗎？真紀那傢伙好像沒有泳衣喔……咦？學校的泳衣？對你而言可能可以接受，但我不行啦……咦？」

「等一下，你們在討論什麼啦？」

「總之，我會讓真紀準備好泳衣的！」

馨斷然做出奇妙的宣言，一掛上電話，就突然轉向我。

「妳……給我去買泳衣喔。」

「現在？可是我沒有那種錢耶……」

「……女用泳衣的行情是？」

「便宜的不用五千日圓，現在可能會更便宜，但這樣不如穿學校泳衣就——……」

「不准！」

馨激動地猛搖頭，使勁抓住我的肩膀，用超級堅決的表情繼續說：

「真紀，我們去買泳衣吧。我買給妳。」

「啊？你說什麼……？」

「但只能買鮮紅色的比基尼，其他的我都不買單！」

「……」

這傢伙。是連日來的高溫把他的腦袋燒壞了嗎？

平常老是愛裝酷，今天卻相當乾脆地忠於男人的浪漫情懷嘛。

我還來不及害羞或生氣。

「是說，你要買給我的話……也是可以啦……」

只能傻眼過度地點點頭。今天居然換我被這個男人牽著走，這種事不常發生……

因此我和馨一起前往附近的商業大樓「淺草ＲＯＸ」。

現在果然是暑假尾聲，我們只用半價三千日圓就買到了紅色比基尼。

隔天，我和馨接受繼見家的邀請，來到深山裡的露營區。

其實原本想帶小麻糬一起來的，但露營區會有其他一般人類，所以只好托給阿水幼稚園照顧了。可以跟影兒玩耍，小麻糬顯得很高興，阿水順便拿止癢藥給我。

「愛海派和愛山派的爭論總是沒有休止的一天，但我壓倒性地支持山喔。」

「我也是。」「我也是。」

帶我們來的繼見家成員在小木屋裡悠閒地消磨時光，我們朝著露營區的河流走去。

對以高中生來說稍嫌老氣的我們，綠意環繞的涼爽河邊正適合不過。

「還有，大黑學長說想要深山河流的照片，他要掛在學園祭的展示區。看起來就像有河童出沒的那種……所以叫我們多拍攝一些這裡的照片回去。」

我還想說由理怎麼帶了台看起來很專業的數位單眼相機，原來是因為這個原因呀。

「簡單來說，就是要捏造這裡有河童呀……」

「哎呀就是這麼回事囉。」

「啊，你看你看，是河耶，河！太棒了，水清澈又碧綠……啊，那邊就有河童在呀。」

「啊，真的。」

根本不需要捏造，這是條也有野生手鞠河童棲息，顏色有如翡翠般的美麗河流。

潺潺流水聲和清新的空氣。我伸直雙臂，展開全身感受這一切。

我將原本穿的T恤脫下來往馨身上丟，甩著白色髮圈紮起的馬尾，拿起游泳圈大喊：「我先下水了──」就衝進河裡。

啊啊，有點冰，但好舒服……

「喂，真紀！妳要先噴防蚊液……受不了。」

馨雖然嘴上嘮叨，擺著淡漠表情，但視線頻頻瞄向穿著泳衣的我。馨也是貨真價實的男人，喜歡布料少的比基尼呢。

算了，反正我就只有身材好這個優點。因為吃得多，胸部發育得也不錯。

「喂──河童啊──」

我立刻藉助泳圈游到手鞠河童旁邊。

他們用大片樹葉做了小船，正順流往下漂。

「你們明明是河童卻不游泳嗎？」

「啊──妳是誰呀～？」

「……我在淺草擁有壓倒性的高知名度，但在這裡也只是個無名小卒呀。」

理所當然。手鞠河童們一臉呆滯地漂走。

「真紀，不要去太裡面的地方喔，夏天的河流常有意外發生！」

「我知道～」

由理在河岸上拍攝風景照片的同時，在鏡頭背後捏了把冷汗。

由理這個人真像是媽媽。不過我打從以前就很聽他的話。

離開河裡，回到岸上。
「啊。」
在距離河邊一段距離的地方，有個女生撐著陽傘正望向這個方向。
「……若葉。」
齊肩中長髮，透明似的白嫩肌膚。
身上輕薄的白色洋裝非常相配，身材嬌小纖細，散發夢幻氣質的美少女。
我記得她今年是國一。
「若葉也一起來游泳？」
「……沒關係，我不用。」
若葉搖搖頭，只是一直望向河流的方向。
她的視線前端，是剛剛那群手鞠河童。
「那裡……有什麼嗎？」
「沒、沒有。」
若葉慌張否認。
……難道，她看得見妖怪……？
不，我認識若葉也很久了，不認為她能清楚看見妖怪的模樣。只是，畢竟她是由理的妹妹，
靈力比一般人強，是靈感體質。

搞不好會藉著某個契機，變得能夠看見妖怪……

「哥哥，哥哥……」

若葉小聲叫喚由理，伸手拉他披在身上的連帽外套。

「嗯？若葉，怎麼了？」

「我想要收集河邊的漂亮小石頭……當暑假作業。」

「那我也來幫忙好了。」

「……嗯！」

由理為了可愛的妹妹，把在河裡玩耍和照相的任務都拋在腦後，開始跟若葉一起收集石頭。

畢竟若葉從小就很黏哥哥呢。

的確能夠理解，要是有個像由理那樣既溫柔又會照顧人的哥哥，真的會想依賴他。

「馨，你要好好看住真紀喔。」

「等一下，由理，我是小朋友嗎？」

「因為真紀妳又不太會游泳。」

「唔……話是沒錯啦。」

正如他所言，雖然基本上我力大無比，運動細胞很發達，但就是不太擅長游泳。要說有多不擅長呢，就是我絕對不肯放開游泳圈的程度。

如果只是在水面上漂浮，那倒是很開心。所以我又拿著泳圈，朝河裡走去。

「嘿咻，嘿咻。」

我望著那群手鞠河童神祕的順流而下競賽，有時伸手擋住他們前進的方向，壞心地搗亂。嘻嘻嘻。

「喂，真紀，叫妳不要去太遠的地方。」

馨也進到河裡，抓住泳圈，阻止我行動。

我在泳圈中間突然轉向馨的方向。接著露出小惡魔般的微笑，將身體稍微抬高於泳圈。

「怎麼樣呀？你花大錢也想看的，我穿紅色比基尼的模樣。」

「……什麼大錢，不過就是三千日圓的便宜泳衣吧……」

嘴上這麼說，馨的視線方向卻誠實地聚焦在人家的胸前乳溝上。男人呀……

「可愛吧？」

「少自誇。」

「哎呀？那我立刻換成學校泳衣給你看。徹底破壞你無聊的願望。」

「啊……」

馨認真遭受打擊的表情實在太有趣了。

他要是能坦率地誇我可愛，我會很高興呀。

「拿好。」我將泳圈的繩子交到馨手上。

「什麼拿好，拿好什麼？」

「抓好那條繩子，不要讓我被沖走呀。」

「……我現在就把妳拖上岸。」

「等一下啦，你幹嘛往回拉……啊，不過好像有點好玩。馨，你要努力拉著我走！」

「居然這麼囂張，妳是女王陛下呀！」

「不是女王，是你的老婆啦！」

「……感覺上次我們也講過這段對話。」

「我們常講呀，常常。」

啊——讓馨拉著我走好輕鬆呀。

我抬頭仰望遮掩住天空的翠綠林木，優閒地享受美景，不過……

突然，河裡有東西拉住我的腳。

「哇啊！啊啊啊啊啊啊！」

我一邊掙扎一邊大笑。有什麼東西拖著我的腳，而且還朝腳底不停搔癢。

實在太癢了，我鬆開抓著泳圈的手，輕易地就溺水了。在水裡睜開眼睛，居然是那群河童聚集在我的腳邊，拚命搔我癢。

那些綠色小鬼～肯定是記恨我剛剛妨礙他們漂流！

我還在手忙腳亂地把他們撥開時，馨立刻就把我拉起來……

「喂喂，妳在幹嘛？」

「都是因為河童啦！」
「啊？是在講學園祭嗎？」
「不是啦，是在講真的手鞠河童啦！」
總之我先緊緊抓住馨的手臂。那群手鞠河童嗤嗤嘲笑說：「活該～」便往河流深處游去。
那群混帳……我待會絕對要把他們抓起來，淋上醋醬油活剝生吞洩憤～！
「喂，妳不要用那種極惡大魔王的表情緊抓著我。」
「因為你的手臂很結實，在水裡也很溫暖呀。」
馨一臉無奈，啪一聲將泳圈放到我身上。
我又抓回泳圈，讓馨拉著繩子輕快地朝岸邊前進。
「……嗯？」
快到河岸時，我發現河底有什麼東西閃了一下。
我單手依然緊抓泳圈，瞬間潛進水裡，撈起那東西再浮上來。
「哇……好光滑，桃色半透明，好漂亮的石頭～」
一踏到岸上，我就立刻拿著那塊石頭，跑到由理和若葉旁邊。
並將那塊石頭伸到正蹲在地上專心收集小石子的若葉眼前。
「妳看，若葉，在河裡有這種石頭耶！」
起初若葉被我的大嗓門嚇到，但一看見那塊桃色石頭，臉上表情染上光采，微微地展露笑顏。

「哇啊……好漂亮～」

「妳喜歡就給妳。」

「真、真的？真紀，可以嗎？」

「當然。我是想說妳可能會想要，才撿來的。」

我把那塊石頭放在若葉秀氣的小手上。

「謝、謝謝……」

若葉握緊手中的石頭，有些害羞地低下頭。

啊啊，真可愛……我忍不住緊緊抱住若葉。

讓人好想保護她，纖弱又夢幻的美少女。臉蛋和氣質都跟由理相似，有夠討人喜歡。

「喂，真紀，不要性騷擾別人的妹妹。若葉的衣服都溼了，表情超級困擾喔。」

馨說那什麼話。若葉才沒有露出困擾的表情，只是目光一直聚焦在我的腳上，不停地眨著那雙大眼睛。

「……真紀，妳的腳，沒事吧？」

「嗯？」

我腳上有數不清的小小掌印，形狀是帶著蹼的小手。

「可惡，這是那群河童留下來的！」

「……河童？」

若葉雖然具備靈感體質，但並不曉得妖怪是實際存在的，此刻自然流露出詫異的神情。

我趕緊說：「水蛭啦！是被水蛭咬了！」蒙混過去，再誇張地大笑幾聲。

「很痛嗎？」

「不會，只要塗點藥就沒事了。」

她略顯擔憂的臉龐更像由理了。我忍不住又抱緊了若葉。

「喂，妳身上的臭味會沾到若葉啦。」

「馨，你給我閉嘴。」

在河邊玩完水，我們就回到小木屋沖澡。

太陽比之前更早下山的傍晚時分，我們在小木屋外頭烤肉。

秩父的夏季蔬菜和河魚就不用說了，香菇、山菜，連蝦子和花枝等海鮮也用竹籤串好，放在炭火上燒烤。這場烤肉實在是太豪華了。

最重要的當然是，高級和牛。烤盤上頭還鋪了不少羊肉。繼見家萬歲！

「大家盡量吃喔。你們正值發育期，阿姨我可是幹勁十足地從各地採買好多食材。」

「好，我們不會客氣的。」

我右手抓著滴下肉汁的牛肉串，左手握著鹽烤新鮮河魚。

即使由理的媽媽——櫻子阿姨在場，我絲毫不懂得客氣。

「呵呵，真紀，妳真的從小就是個愛吃鬼耶。」

「應該說這傢伙是個貪食怪。」

馨一臉正經地說，由理忍不住噗哧一聲。

「等一下，由理，你剛剛笑了吧？」

「咦？我沒笑喔，真紀……呵呵。」

「哇，面不改色地公然說謊。阿姨～由理明明有笑我，卻說他沒笑啦！」

我像小朋友一樣跟阿姨告狀。

對於我們的胡鬧，由理媽媽只是非常有氣質地「喔呵呵」笑著。

笑的方式也和由理好像。應該說是由理像阿姨才對吧。

「你們三人感情總是這麼好呢。從幼稚園中班到現在，一直都這麼要好，實在是很了不起。

由理彥也是，能遇上這種朋友真的很幸運呢。你和真紀還有馨在一起時最為放鬆。」

「……」

由理似乎有點不好意思，清了清喉嚨。

阿姨對由理和我們的觀察得很仔細……

「話說回來，真紀呀，將來妳要嫁給誰呀？理論上這種一個女生配兩個男生的青梅竹馬組合，之後都會變成地獄喔……如果嫁進我們家，肯定能夠當上鵺館的年輕老闆娘喔。」

順帶一提，阿姨超級喜歡戀愛話題，大腦塞滿少女漫畫的粉紅色泡泡。

我們自以為講悄悄話，但馨和由理似乎全都聽見了。

「櫻子阿姨，我不想毀了由理華麗的一生呀。而且我要是成了年輕老闆娘，鶇館肯定會倒閉。」

我毫不扭捏地斷言。別看我這樣，我對自己的個性可是很有自覺的。

阿姨回：「是這樣呀……？」看起來似乎有些惋惜。

「拜託，媽媽，妳們在說什麼呀？真紀跟馨實際上已經是夫妻啦，我的夢想就是將來在他們的婚禮上，以朋友代表身分致詞耶。」

「不對，由理，你說什麼呀？好像要把真紀塞給我，然後自己無事一身輕似的。」

「呵呵，馨真害羞……啊好痛。」

趁著馨對由理施展他擅長的手刀攻擊時，我拿起整隻烤花枝大口啃光。然後若葉遞來一杯自家製的綜合果汁，於是我單手扠腰，咕嚕咕嚕地一口氣喝乾。

烤花枝和綜合果汁……這也是個奇特的組合，但感覺滿搭的。

若葉興奮地拍手看著我乾完整杯果汁。想必是因為繼見家沒人會一口氣喝完整杯飲料，覺得很新奇吧。

由理悄悄幫大家照相。

我和馨，若葉和櫻子阿姨。

因為照片能夠成為與重要人們之間的回憶，保存下來呢。
最後設了定時器，大家一起拍了張大合照。

「啊啊，好癢。手鞠河童們的手印……身體留下這種東西就好癢喔。」
那是在收拾完烤肉殘局的時候。
幾乎暗下來的天色中，我不停地抓著腳踝。
馨一邊嘮叨著：「喂，不要抓啦，會更癢喔！」一邊將我的腳踝拉過去確認情況。
「手鞠河童們使出渾身解數的必殺技——詛咒手印嗎？雖然只是不停用手掌拍打而已……但會比普通遭蚊子叮還要癢。這麼說來，真紀，水蛇不是有給妳止癢藥嗎？他說因為山裡和河邊蚊子特別多。」
「啊，對耶。」
帶小麻糬去託給阿水時，身為中醫的他有給我止癢軟膏。
我趕緊去拿出來，坐在小木屋的平台上，隨意亂塗一通。
這不僅對蚊蟲咬傷有用，對妖怪造成的發癢效果也十分顯著，相當厲害。
啊啊，不愧是阿水的藥。發癢的感覺從有擦藥的地方開始消退了。好幸福……
「喂——煙火準備好囉——」

「煙火？由理，有煙火嗎？」

由理站在小木屋前面的空曠處，大聲叫我們。

「嗯，若葉說想放，所以我們有準備。不過只是手持的煙火就是了。」

「煙火呀，上次放應該是小學時了。」

馨似乎立刻發現我內心的興奮。

「……這樣說起來，妳當年是個會拿煙火亂揮的惡劣小學生呢。」

「我只要看著煙火，內心就會……騷動起來，該說是血液沸騰嗎？」

「啊啊……只要看到火，真紀好像就會覺醒成某種怪物嗎？還會在暴風雨的日子特別興奮，真是個危險傢伙耶。」

這就是你的鬼妻。

「……啊，喂，住手！真紀，妳不要過來！」

我只是拿著煙火走近而已，馨和由理就表情驚恐地走避。

「我只是想把火分給你們……到底在怕什麼？」

「只要妳拿著火，我們的身體就會自然進入防禦狀態，對吧？由理。」

「茨木童子以前還把點著火的木棒丟到敵陣呢。」

「現在回想起來，實在是太壞了。」

「等一下，你們兩個興高采烈地數落別人上輩子幹的壞事時，煙火都熄滅了啦。」

將熄滅的煙火丟進水桶，走去拿新的。
不遠的另一側，若葉和阿姨正一起在玩仙女棒。
兩人愉快地談笑著，所以我沒有出聲打擾。但望著她們母女幸福的模樣，總覺得內心有些空蕩蕩的。
「……由理，若葉精神好很多呢。」
我回到由理和馨身旁，由理回應：「是呀……」將目光投向自己的媽媽和妹妹身上。
「若葉因為是靈感體質，常受到靈氣影響，從以前就常生病，也不太有機會在外頭玩耍……她最近身體變得比較健康，或許是漸漸習慣妖怪的靈氣了吧，也不像之前身體常出問題。真是太好了呢。」
「……」
由理望著家人的目光，比平常更加沉穩而溫柔。
不過，像在望著遙遠的什麼似的……也顯得十分寂寥。
由理，你在想什麼呢……？
「好，來決勝負吧，兩個人都是。」
我將一束仙女棒伸向馨和由理面前，分別抽出一根遞給他們。
「仙女棒最早熄滅的人，下次要請我喝飲料。」
「為什麼只有妳啦，那妳輸了要怎麼辦？」

「如果那樣就當作什麼事都沒發生。」

我堅持這個不講理的條件，三人同時點燃仙女棒。

仙女棒微小捲曲的火苗稍稍有些勁道地燃燒著，正中央的火球越變越大顆。

我蹲在地上，動也不動，只是牢牢地守望著那個火球。

幾秒鐘的沉默。前世都是大妖怪的三個高中生只是靜靜蹲著，一個極為無趣的畫面……

「……」

然而凝視著有如小顆糖果般的火焰，盡情玩耍的夏季喧鬧氣息，似乎漸漸沉澱下來。這一點一滴油然而生，既溫暖又深感懷念的心情，究竟是什麼？

「啊。」

這時，馨那根仙女棒的火球輕輕墜落地面。

「可惡……為什麼啦。火球明明就還好小……秒殺喔。」

「實在很有你的風格。」

「居然就連玩仙女棒，也能發揮你的強大倒楣氣場……」

馨不甘願地「哼」了一聲，便站起身，這時似乎有風吹過，我的仙女棒火球也掉了。

「啊！啊——啊……掉下去了。」

「太棒啦。」

「啊，我的也掉了……」

突然，四周一片漆黑，只有我們身後小木屋的燈光是唯一的憑藉。

「差不多該回小木屋了吧……有點變涼了。」

「咦——煙火已經放完了嗎？」

「接下來就是去洗澡睡覺啦。」

「不要～～那明天呢？明天沒有活動了嗎？由理。」

「真紀，妳在河邊玩那麼瘋，都不會累喔？若葉累壞了，早就回小木屋休息囉。」

「可是……」

這趟旅程結束之後，我的夏天也就結束了。

我根本就還沒玩夠。我不希望今天就這樣畫下句點。

「……真紀，玩得很開心吧？」

「嗯，嗯嗯。」

對於馨的問題，我用力點點頭，嘿嘿傻笑。

是因為我的反應跟平常不同，太過坦率嗎？馨和由理對看了一眼，然後用看著可憐小孩的同情目光望著我。

就像在說，這傢伙……真的是暑假期間無聊到要瘋掉了吧。

沒錯。就是這樣喔。

對於暑假期間中，時間跟體力都太過充沛的我來說，今天真的是開心地要飛上天了。

「……啊。」

馨站起身，抬頭仰望天空，出聲叫我們看，伸手往天際指去。

順著他的視線望去，是在都市裡看不見的滿天星空。

「哇啊啊，太漂亮了……」

「哦——這裡可以看到這麼多星星呀。」

「嗯……我呀，就是因為這樣才喜歡山，讓人感到很懷念呢……」

身處東京這個大都市裡，夜空中的星星根本看不到幾顆。

儘管是雄偉壯麗的星空，卻讓人很容易忘記它原本的美麗模樣。

不過在很久很久以前，我們是理所當然地經常觀賞偌大的星星滿布天際，如此遼闊寬廣的夜空。

……在千年前那座有許多生命棲息，自然原始的深山裡。

「欸，我們算是很幸福的吧？」

「……」

「可以轉世投胎到同一個時代，又立刻就重逢了。」

凝望著這片夜空，我忍不住思考起橫跨遙遠時空的生命之流。

沒錯，能夠重逢是個奇蹟。

就算我們轉世的時代有所歧異，也絲毫不足為奇。就算是投胎到同一個時代，在這個廣闊無邊的世界裡，也很有可能無法遇見彼此就結束了一生。

我們究竟是受到什麼的指引，才會以人類身分轉生到這個時代呢？

這個問題，總是會令我不經意地陷入沉思。

不只是我，馨和由理肯定也是……

「好像……變冷了耶，我們回去小木屋吧？」

在片刻沉默之後，由理開口催促。

「啊。真紀，走吧。」

「……」

我沒有回應馨的叫喚，連眼睛都忘了眨，只是出神地凝望星空。

將愉快的暑假回憶，湧上心頭的那些對於過往時代的悠遠心緒，連同整片星空，深深地烙印在眼底。

「啊，流星。」

這瞬間，確實有一顆金色的流星劃過深藍色的夜空。

金色的尾巴。

那喚醒我幾乎要忘懷的某個記憶。

「……」

是什麼？是誰？

大腦裡迅速閃過，遙遠的金色畫面。

金色、枝垂櫻、金色……狐狸……？

……怦怦。

「真紀？怎麼了？」

「嗯？嗯嗯……沒事……」

在劇烈的心跳後，我輕輕搖頭，說不出內心有股騷動。

……我不懂。但看到那道金色流星後，內心一瞬間陷入紛亂。

有種預感。似乎有什麼將要劇烈變化、無法言說的預感。

星星，預言著時代。

或許，那顆金色流星早已明白我們的命運。

第八章

滿是河童色彩的學園祭（上）

「喂，該走囉，還有學園祭的準備工作要做。」

「啊，等一下，我得先把小麻糬送到阿水幼稚園才行！大家好像要一起來學園祭玩。」

學園祭當天早上十分慌亂。我迅速收拾東西，將仍舊趴在心愛毛毯上睡覺的小麻糬一把抱起。

「欸，小麻糬，起床了。要去影兒哥哥住的地方囉。」

「噗～～咿喔……」

「喂，那小鬼我來抱，妳快點準備好。」

我將小麻糬交給馨，鎖上房門後就離開了。

小麻糬靠在馨的胸口，迷迷糊糊地打瞌睡，那畫面簡直像爸爸抱著小孩一般，令人不禁微笑。

我們腳步迅速地走在早晨的淺草，離開國際街，抵達阿水經營的千夜漢方藥局。平常我都是從正面店門口進去，但現在店還沒開，所以往樓上阿水自家的玄關走去。按下門鈴。

「……什麼事呀，這麼一大早的……」

剛被吵醒，心情超惡劣的阿水開門出來。頭髮四處亂翹，身上和服凌亂不堪，也沒有戴著平日的單邊眼鏡。馨吐嘈：「這個邋遢大叔是誰呀。」

「阿水，早安。」

「啊，真紀。早呀——」

阿水一發現是我，態度瞬間一百八十度大轉變，心情愉悅起來。

「喂喂，這位愛裝可愛的大叔，你態度也差太多了吧。」

「噓——馨，你很吵耶。影兒還在壁櫥裡睡覺，小聲點。」

「……影兒睡在壁櫥嗎？他是哪來的貓型機器人嗎？」

「因為他是天生熱愛暗處的繭居小鬼。明明都給他一整間房間了，還硬是要睡在壁櫥裡，實在是有夠會找麻煩的。」

「雖然已經有麻煩的影兒在了，但不好意思今天小麻糬也可以麻煩你嗎？」

「啊啊，了解，我根本就像叔叔一樣了。」

我先從馨手上接過眼睛睜不開、仍不住昏沉點著頭的小麻糬，再遞給阿水。他動作熟練地抱著小麻糬，對他說：「乖喔，小乖乖。」

「就算媽媽和爸爸都不在，小麻糬也總是安靜地自己玩方塊積木，最近還能幫點忙，都要追上影兒了，是個有禮貌的好孩子呢——」

「影兒那傢伙到底是多沒用呀。」

「何止是沒用，根本就是來搗亂的。是說，最近……進步很多了啦。他那副德性之前到底是怎麼統帥鎌倉妖怪的呀～」

不在現場的影兒，被講了一大堆壞話。

「所以，我只要把這小鬼頭帶去學園祭就好了吧——？」

「沒錯，總之就堅持他是企鵝寶寶玩偶喔。聽說去見識各種人事物，似乎對小麻糬比較好，學園祭對他應該會有正面影響吧。」

「今天店裡也決定暫停營業，不如我也跟影兒和小麻糬一起去欣賞久違的、活蹦亂跳的高中女生們吧……？」

「喂，不要放這個中年大叔進學校啦。我要是發現你，就要通報學校有可疑人士闖進來。」

「拜託，馨，你從剛剛就一直很針對我喔。別看我這樣，我對真紀可是相當專情的，所以呀～」

「啊！得趕快去學校了！那就這樣囉，阿水，麻煩你啦——」

「……好……路上小心……」

一聽到阿水突然變得很沒勁的回應，我們就急忙趕往車站。

就這樣，學園祭的第一天揭開序幕。

空教室裡頭，文化性社團聯盟的大家正在進行各種準備工作，我則剛穿好和風茶屋的女侍制服傳統長褶裙時。

「啊啊啊啊啊，太可愛了！和服美少女最棒了！」

招牌造型是紅框眼鏡的美術社社員，丸山，從剛剛就興奮地呼吸急促，簡直是愛不釋手地摸過我身上各處。

「欸，丸山，男生們呢？」

「男生快回……啊，茶道社剛好回來了。」

負責幫男生穿浴衣的茶道社女生們，腳步似乎有些虛浮不穩。

從剛剛就頻頻撞到教室裡的桌子。

「太帥了，天酒實在太帥了……」

「罪孽深重呀。」

果然，我也猜到大概會這樣。

穿著浴衣走回來的男生們裡頭，有一個罪孽深重的男人。

黑髮帥哥在這種時候超級吃香呢。

「哦——真紀，長褶裙很適合耶，還滿可愛的嘛——」

「馨，你呀……真是罪孽深重的男人呢。」

「啊？」

是說，我也不是不能理解女生們為何會暈頭轉向。
換下平日的學生制服，穿上浴衣，馨看起來就更加成熟。
與其他男生相比，那個氣質，就是女生們嘴裡說的「男性魅力」這回事吧。
「女生呀，對這種事呢，很沒有抵抗力啦。雖說你應該根本沒感覺就是。」
「真紀，妳在講什麼呀？」
男生們竊竊私語，偷偷討論著我的褶裙裝扮，但那種事根本無所謂了。
「欸，馨，晚點用手機幫你照相？不對啦，一起拍吧！」
「妳難得會這樣說耶。每天都見得到面，還需要拍照嗎？」
「是老年時的樂趣呀。」
「……現在就為了老年樂趣開始準備呀。」
可是，雖然馨穿浴衣的模樣平常也有機會看到，但今天感覺比平常更瀟灑，想要用照片保存起來。
不過……
大魔王都是最後才現身的。
女生群和大黑學長在背後偷偷進行的女裝計畫。無端遭受牽連，被迫穿上女生的長褶裙，夢幻飄渺……
纖弱又秀麗的……那位是……繼見由理彥，不是嗎？

「由理……你真的很喜歡扮女裝耶。」

「才不喜歡。我每次都是被逼的。」

甚至還戴上了與他清淺髮色相配的假髮。無懈可擊的美少女就在這裡。眼眶含淚的模樣，讓他看起來更加嬌弱又楚楚可憐。

無論男女，所有人的目光都牢牢盯著由理，我和馨則交換了個奇特的眼神。

像在說，哎呀，還是贏不過由理呢。

「我要讓繼見參加企畫代表戰第一回合大賽『天下第一女裝大會』。」

啪。有隻手從後方搭到肩上，我和馨回過頭。

是大黑學長。他表情堅決地接著說：「還有，你們兩個也要參加企畫代表戰喔！」這是什麼情況？

「我有不好的預感……什麼是企畫代表戰？」

「學園祭第二天的大型活動。也是宣傳社團展示和室內攤位的好機會，還能賺一些最後的企畫大賞要計分的點數。第一回合是天下第一女裝大會。第二回合是兩人三腳障礙物競賽，我要讓你們兩個參加這項，讓他們瞧瞧長年夫妻黃金組合的厲害！」

「什、什麼……？」

兩人三腳障礙物競賽，這個聽起來就很危險呀。我跟馨不禁看向彼此。

「順便告訴你，我們的宿敵副會長，她也會代表足球社企劃的女僕執事咖啡廳，出戰這場兩人三腳障礙物競賽。絕對不允許你們輸掉或不夠招搖喔。一定要比他們更讓人印象深刻，哇哈哈。」

「光贏得比賽還不夠嗎？」

「第二名也不行嗎？」

「光是贏或第二名都不行！要把整個學園祭染成河童色彩！好，嘿嘿喔——！」

「……嘿嘿喔——」

我和馨只能放棄掙扎，毫無霸氣地跟著喊嘿嘿喔。

前大妖怪的我們兩個，無論如何都無法違逆這個人。

不只因為他是大恩人，也因為就算他離經叛道，好歹也是淺草的神明。

那麼，關於我們的「發現河童了嗎？」這個企畫……

『河童？文化性社團的逆襲，無法預料的聯合企畫』。

不愧是早上一開賣就賣得嚇嚇叫的新聞社特刊，宣傳文案的效果也相當顯著，才第一天早上就有很多客人前來。是說，浴衣打扮的馨在樓下招攬客人，將大家帶進茶屋（主要是女生）的成效也相當出色……

長褶裙裝扮的我，態度淡漠地接待客人。第一天就被迫穿上女裝的由理，優雅地沖泡抹茶，出聲邀請客人去看隔壁鬼屋風格的展示區，還有與本次企畫同名的電影「發現河童了嗎？」……

多麼完美的布局！滴水不漏的全面包圍！

「歡迎光臨——」

「拜託，茨木，妳語氣太冷淡了吧。也有男生是針對妳來的，這樣太可惜了啦。」

丸山對於我平淡的接客態度發表嚴格意見，眼鏡還閃了一下銳利光芒。

的確從剛剛就感覺到視線。不過，我是美少女，這也是理所當然的……

我腦中一邊胡思亂想著這些，一邊看著要提供給客人的茶點，露出不應該讓人看見、充滿欲望的表情。

「怎麼了？褶裙太緊嗎？」

「只能遞送美味食物的工作實在太令人不甘心了……」

「啊？結果妳只是貪吃呀！」

「丸山，妳的吐嘈跟謦好像，有夠一針見血耶。」

肚子當然會餓呀。畢竟中午時段的忙碌情況遠遠超過我的想像。

以人潮洶湧程度來說，我們的客人比敵營的女僕執事咖啡廳還多。聽到美術社的間諜回傳的消息，大家都非常開心。

「這是當然的呀。點心好吃，店內又統一採和風裝飾，打造出優雅氣氛。更重要的是，我們還有民俗學研究社的那三個人在！」

「聽說電影也大獲好評喔，大家都說踢踏舞那邊既好笑又感人。」

「文化性社團的男生們真的很努力呢，他們在公園池塘周圍，好像被蚊子叮得超慘。」
「鬼屋的質感也相當棒喔。是說，誰敢小看文化性社團的製作能力。」
「統整大家的大黑學長太偉大了——」
聽到褶裙打扮的女生們在接待客人空檔時的對話，我才知道這次展示受到多大的好評。文化性社團才能打造出的高質感，還有一般不會挑選的奇特主題「河童」……
這種莫名其妙的感覺，還有貫徹到底的河童主題受到歡迎，且那份喜愛似乎正逐漸發酵。在社群媒體上傳照片或發表感想的學生們紛紛表示「這實在太狂了」，引發熱烈討論。
另一方面，可愛的河童造型在親子檔間也深受喜愛。
在和風茶屋裡，只要點茶或甜點，每一道都會附送一個由丸山設計的精巧河童杯墊。丸山還提議製作數種圖案隨機發送，因此收集癖發作的客人們就會重覆上門。
三項企畫同時還有舉行蓋章集點活動，集滿三個印章，就能獲得茶屋特別菜單的免費招待券，然後客人又會再度回鍋。
此外，意外受到廣大注目的是，在鬼屋中展示的照片。
由理在露營時拍下的照片，有一張真的有河童在河裡游泳。我們看到時內心雖然「啊——」地暗自驚呼，但旋即想說剛好符合企畫內容，應該沒關係吧，於是就掛上去了。雖然照片是真的，但客人們觀賞時，都是微笑心想「這張照片合成得好真實呀」。
在下午最熱鬧時，校內各處都能聽到此起彼落的「河童」這個詞。

「真紀！辛苦了——我幫妳們帶了午餐來喔。」

「啊，七瀨……」

我正因為餓過頭而精神萎靡時，同班同學兼班級委員的七瀨，拿食物到茶屋來給我們吃。上頭擺著荷包蛋，淋著濃稠醬汁的剛起鍋炒麵。啊，看起來好好吃……

「剛好籃球社在賣炒麵——我想說妳招待客人這麼忙，差不多該餓了吧，就買了各種東西過來喔。跟天酒和繼見一起吃吧。」

「謝謝妳，七瀨！我肚子正餓到咕嚕咕嚕叫了！」

「吃飽後，下午也要繼續加油。我接下來也得叫賣東西啦，等休息時間我再過來。」

七瀨也是班級委員，所以對文化性社團的事也一直掛心。

她還是那麼乾脆，立刻就又回到自家攤位了……不過七瀨體貼的心意讓我很高興。

在茶道社學姊的催促下，連午餐也還沒吃的我們三人，就到裡頭去休息。

七瀨買了各種攤位的食物給我們，我肚子餓好久了，看起來簡直就是本世紀最美味的佳餚。

「唔哇——是炸彈燒，連大阪燒都有……不過我還是想吃炒麵！」

「妳至少也眨個眼睛吧。」

我的視線完全無法離開才剛起鍋的現做炒麵，因此馨不出所料地開口吐嘈。由理拿下假髮，長長呼了口氣，在我對面的馨旁邊坐下。

「假髮好悶熱喔。」

非常真切的感想。

「由理，你曉得嗎？聽說悶熱對頭皮不好喔……」

「……咦？這是真的嗎？」

男生們討論著莫名哀傷的話題，我無視他們，迅速掰開免洗筷，撲向淋有濃厚醬汁的炒麵。

「哇，這傢伙原來一直在打炒麵的主意！」

「……吃得好專心喔。」

我實在餓過頭了，根本顧不了他們，也沒空發表美食評論……

「喂，由理，你看，這個炸彈燒不得了耶，上面有好多蔥和美乃滋。」

「什麼是炸彈燒？」

「章魚燒的放大版。由理是富二代，所以沒吃過這種東西吧。」

「但我喜歡章魚燒喔，馨，你打工時烤的那個。」

「哦，那這個給你吃。」

還熱呼呼、剛烤好的炸彈燒裝在紙杯裡，上頭滿是青蔥和美乃滋。馨連同免洗筷和溼紙巾一起遞給由理。

「我來吃這邊的小籠包好了。」

「是在外面的飲茶攤位賣的？……啊，真的耶。炸彈燒滿好吃的耶。裡面塞滿章魚和花枝……還放了起士和熱狗。」

「小籠包也很好吃耶，肉汁好多。」
「咦——留幾個給我啦。」
「那你的也分我一點呀。」
「……」
喂，兩位男士。把我晾在一旁，兩個人甜蜜地交換食物是什麼意思？該在什麼時機、如何出手搶來兩人的食物呢？我腦子裡只有這種念頭，不過……
我發現丸山臉上掛著詭異微笑，正透過窗簾偷窺我們休息的模樣，更精確地說，是馨和由理的互動。我內心的澎湃衝動頓時消散得無影無蹤。
「天酒和繼見在打情罵俏的合照。天酒和繼見在打情罵俏的合照！……我的天哪……」
「…………」
比起我，她的表情更像個獵人。
總之經歷各種事後，學園祭的第一天我只有擔任女服務生，一切就順利結束了。

學園祭第二天。企畫代表戰的第一回合，在早上展開。
由理犧牲小我穿上女裝，全都是為了這個原因。
參加比賽的各組企畫代表換上女裝，以美貌決勝負，就是明學的知名活動「天下第一女裝大會」。

不過因為是學生間的大賽，所以原本的校內知名度和受歡迎程度也是會大大影響勝敗結果，我們文化性社團究竟能夠獲得怎麼樣的成績呢……

「今年明學的知名活動，天下第一女裝大會也即將開始！男生們都刮好腳毛，準備出場了！」

由廣播社令人不敢恭維的實況報導揭開序幕，體育館內歡聲雷動。

「哇──哇──」「啊──啊──」年輕人的反應十分熱烈，震得耳膜都痛了。

「這實在……相當驚人耶。這麼青春洋溢的熱情氣氛，我不曉得受不受得了……」

「欸欸，馨，聽說去年在這場大會中獲得冠軍、超受歡迎的三年級學長也會出賽。啊，好像就是那個副會長待的……足球社的中田原學長。」

「……由理沒問題嗎？運動性社團的勢力不容小覷喔，畢竟學校裡有八成都是運動性社團呀。」

「而且女生們都在謠傳，這位中田原學長和副會長正在交往。」

「那種事無所謂啦。」

我和馨趕來幫由理加油。被會場內異樣興奮的氣氛嚇到的同時，也才了解這場企畫代表戰是多麼受歡迎的活動。

布景感覺也花了不少錢。

「投票請至校園祭的官方網站，一人一票。」

「……啊啊，所以才會每個人都拿著手機……」

我也將手機從口袋裡掏出來，連上網站。

馨也單手滑著自己的手機。那是他夏天努力打工賺錢買的最新型手機。

這傢伙倒是很喜歡新的電子產品，畢竟是男生嘛……

「妳……還是那台兩個世代前的手機呀。」

「囉嗦耶——我要徹底用到它完全壞掉為止！」

順帶一提，我對電子產品很沒轍。

有多沒轍呢？電腦課我老是聽得一頭霧水，下課後還被留下來。千年前根本沒電腦這種東西嘛……

「啊，開始了！」

在聚光燈的照耀下，伴隨著輕快音樂按照報名順序進入會場的是，令人不忍卒睹的淒慘怪獸們。

「……果然還是不該隨便扮成女裝呀。」

……馨眼裡的神采驀地黯淡。

接下來是一段混亂的時間。

介紹一下幾位讓我印象深刻的參賽者。

首先，參賽編號四號。

來自田徑社企劃的「衝呀！炸彈燒」，三年級的松尾學長。

我記得這個人丟鉛球有進全國大賽。

身材特別魁梧，卻穿著一襲純白婚紗，會場內響起無數噓聲。

他在這副打扮下，用丟鉛球的標準動作將新娘捧花擲入會場，犧牲形象的表現令我覺得很有趣，不禁捧腹大笑……但周圍的評價似乎不高。

接著是參賽編號十二號。

來自劍道社企劃的戲劇表演「打不倒的白雪公主」，主演白雪公主的山形學長。

為了宣傳這齣戲，他當然是以白雪公主的裝扮踏上這塊戰場。

「我看了最早場，這齣戲很有趣喔。」

「是啦，以搞笑劇來說的話。」

沒錯。拿著竹刀的白雪公主超級強，即使吃了毒蘋果，也能靠自己的力量甦醒過來，根本用不著等王子來救，就聯合七矮人發動造反，打倒繼母奪回城堡，是個以下剋上的熱血故事……

山形學長似乎是為了凸顯女裝樣貌，威猛地揮舞竹刀，但每次白雪公主的假髮都會因此歪掉，差點從頭上滑落，隱約露出原本的大光頭，實在太好笑了。

下一個是參賽編號十八號。

代表管樂社，二年級的瀧。

「哦，感覺不錯喔。」

既是文化性社團的男生，身材又算瘦小，雖然態度有點冷漠，但規規矩矩地穿上本校的水手服，還綁著麻花辮。吹小喇叭的模樣有加到分。感覺就會有人說，真的有這樣的女生呢。是說，直到最後態度都有點冷傲，感覺會得到M屬性的票群支持。嗯，算是滿可愛的。

「接下來，就是本校偶像！重返舞台的去年王者！參賽編號二十五號，來自足球社企劃的『女僕執事咖啡廳　藍巴克』的選手！今年的中田原全身是輕飄飄的女僕裝打扮啊啊啊啊啊啊啊啊啊！」

廣播社使盡渾身解數的介紹後，本校偶像中田原學長登場。

「啊啊啊啊啊啊啊啊！」

突然之間，興奮曖昧的支持聲浪在會場中炸開。各處紛紛響起「好可愛——」、「超漂亮的！」之類的評語。他受到高中女生的熱烈支持。

像在對支持聲浪推波助瀾似地，中田原學長露出爽朗笑容朝觀眾揮手，態度堂堂地闊步走到舞台上。

這個學長感覺確實相當好，但在我來看，頂多只能算個有型帥哥在進行角色扮演，要說他穿女裝很可愛，這點我抱持問號。

「嗯……就是一般帥哥的女裝打扮吧。」

解。

「身材真好耶——」

不愧是足球社的王牌。女裝雖然不怎樣，但這般支持聲浪是強大威脅。

在會場側邊，帶著工作人員臂章、看著舞台的副會長那副一派悠哉的得意神色也是可以理解。

「中田原學長今年也相當拚耶，打算要連霸嗎？」

「……哎呀，我不是中田原學長喔，是中田原學姊，或者大家可以叫我小照照。」

他的本名是中田原照善。

不經意地逗全場發笑，看來是個性幽默的現實生活勝利組。

但聲音太低沉了，男生觀眾們的反應有些冷淡。

中田原學長居然可以一邊偷瞄身在會場角落的副會長，一邊做出秋葉原女僕的標準動作。用兩手在胸前比愛心裝可愛的那個。

「好像，反應很熱烈耶……」

「票數一直節節攀升。」

前方的大螢幕上，學長的票數氣勢驚人地不停增加。中田原學長壓倒性地受歡迎。由理都還沒出場，大家就已經投票了，這太不公平了！

但是……之後，會場的氣氛一口氣扭轉。

剛剛接近慘叫的曖昧歡聲驟然而止，每個人都屏息注視著前方。

參賽編號三十號。文化性社團聯盟的代表，沒錯，由理上台了。
啊啊，太漂亮了。我幾乎可以聞到柔軟的香氣。
與季節不符的櫻花花瓣在空中夢幻地飄落。我甚至還看到了這種幻覺。
「根、根本是女的吧……」
「但他是男生。」
由理身穿茶屋女侍的制服，綠色長褶裙。
要說整體完成度有多高，比附近那座晴空塔都還高了。
已經不光是外表可愛，身材纖細了，他的神態十分優雅，完全就是個清麗的日本女子。
清淺的甜美微笑也美到令人憎恨。
姿態端正、恭謹內斂的走路方式，也好像某個人。
……啊，跟阿姨很像。
由理說過好幾次他像媽媽，大概是以自家媽媽為範本在表演吧。畢竟他可是能夠化成各種事物的大妖怪鵺轉世而成的呢。
「那傢伙遠比妳像日本古典美人呢。」
「少、少囉嗦……但是無法否認……」
全場漾開驚嘆聲，又隨即一口氣嘈雜起來。像在互相探詢那個人到底是誰。
可是……可是……

真正的大魔王總是最後才會現身……

「嗯？還有一個人，穿著我們制服褶裙的人出場了。」

那是……

咦？怎麼會這樣？

徹底破壞這份美好和風氣息，最後登場的是……大黑學長。

「咦？咦咦咦？為什麼大黑學長在那裡？他是要放棄原本可以贏的比賽嗎？」

似乎是因為企畫規模龐大，所以可以有兩名代表參賽，可是打著文化性社團聯盟招牌的兩人雖然同樣穿著茶屋褶裙，視覺上卻是天堂與地獄。

大黑學長明明是身材壯碩、雄壯威武的神明，卻特地犧牲色相，以丟人的女裝打扮露臉。

但這是雙面刃！學長到底在幹嘛呀！

會場內眾人也議論紛紛……

「不妙耶……大黑學長成了無法挽回的瘟神。和由理站在旁邊，一正一負，相互抵銷後反而變成零呀。」

「只、只要由理加油點，應該還是會贏吧？會贏吧？」

我用力搖晃身旁的馨，他的臉色相當難看。

原先還以為能夠輕鬆獲勝，這下勝負就難講了。

「那麼，現在登場的是傳聞為今年女裝大會黑馬的二人組！來自文化性社團聯盟企劃的『發現河童了嗎？』，二年一班的繼見由理彥，還有文化性社團的領導人，三年五班的大黑仁。以企畫內容當中茶屋的長褶裙打扮積極參戰！大家都說繼見是冠軍候選人，但實際上本人是怎麼想的呢？」

「……」

「不行不行！我們家的由理子不講話的！我們不會破壞大家的夢想！」

由理只是害羞地微笑點頭，旁邊的大黑學長對著麥克風哇哇叫，吵得要命。

啊啊，原來如此。學長像是個從旁輔助的角色兼擔任經紀人呀。

這樣說不定……是個相當聰明的戰術喔。

確實，就算外表完全是個女生，但由理是貨真價實的男人，聲音還是比女孩子低沉。

為了避免造成缺憾，徹底打造男生們的夢想，藉此搜刮男性票數的策略嗎？

而且大黑學長又更加襯托出由理的秀美呢。

如果大黑學長是為此登場的，那真不愧是淺草大黑天，名符其實的福神。

一方面也為了宣傳茶屋，由理優雅地沖泡抹茶，留給全場美好印象，結束了表演。順帶一提，由理背後的大黑學長從頭到尾都一直朝空中撒著櫻花花瓣。

接著，到了投票時間。

中田原學長雖然很受女生歡迎，但或許過去發生過什麼事，男性票數一直拉不上去，結果那些男性票全進了由理的口袋。

再加上二年級的票，還有文化性社團大量的組織票，最後結果是我們文化性社團聯盟的由理的票數，遙遙領先中田原學長。

我也沉默地滑著手機。好，投好了。當然是投給由理。

「這下贏了吧。」

「是說，本來就當然會贏呀。」

由理到最後都堅持不講話，只用手勢示意，相反地大黑學長在旁邊發揮吵死人的大嗓門助攻由理。

簡直就像是不開口講話的各縣市吉祥物和宣傳課長的雙人相聲，十分有趣，而且不管怎麼說，女裝完成度和服裝質感也都很出色。

拜由理所賜，文化性社團聯盟「發現河童了嗎？」順利奪得冠軍，獲得了宣傳時間，而且還賺到了不少企畫賞的積分。

「那個——我們文化性社團聯盟叫做『發現河童了嗎？』的聯合企畫，目前正在舊館二樓展示中。有和風茶屋、鬼屋風貌展示間，還有推理（？）電影，為大家帶來滿滿的河童。各位可以盡情享受河童、河童，到處都是河童的碧綠空間喔！之後也預計會有河童逃脫到校內某處！」

「……」

會場內的人們都聽不太懂大黑學長在講些什麼，所有人呆愣在原地。嗯，我能理解。

「咳咳，那個……和風茶屋裡，一整天都會有由理子在，一定要來找她玩喔！」

「唔喔喔喔喔喔喔喔喔喔喔喔喔！」

這瞬間男生們的歡呼聲響徹雲霄，舉著企畫看版的大黑學長，得意的鼻子都要翹到天花板了。

只有由理一個人「咦咦咦咦」，臉色發青，似乎想要抗議「這跟之前講的不同」。

由理，請節哀。會場內歡呼喊著由理名字的聲音幾乎都要掀開天花板了，就再讓那些男生們作一下美夢吧。

「……」

我稍微瞄了副會長一眼，她將原本悠哉捲著玩的一小絡散髮，狠狠拉斷，表情扭曲地咂嘴。上輩子身為鬼的我沒什麼立場說人家，但實在看到了恐怖的畫面。

「啊……有夠悶熱的。」

「由理子，真是辛苦妳了。」

「由理子，妳超受歡迎的。」

「我……覺得自己好像失去了重要的東西。」

在舞台幕後，精疲力盡的由理用彷彿在求救的水汪汪淚眼抬頭望著我們。

唔……感覺好可憐。

「由理子，幹得好！哇哈哈！」

立刻就傳來相當熟悉的，大黑學長那粗厚、宏亮熱情、並且白目的聲音。

我們回頭望去……一隻巨大的綠色河童布偶就站在眼前。

「……請問你哪位？」

「河童！」

「學長，你馬上就換好衣服囉？」

剛剛還穿著女裝的大黑學長，已經換上河童布偶裝，準備好要進行下一個活動了。

「我現在要被解放到校園去，在學校內各處徘徊，然後配合那些發現我的傢伙，跟他們合照……正好符合『發現河童了嗎？』這個主題！」

「對耶，你剛剛有說什麼河童要逃走之類的。」

「學長真的好強。學長真的好強。」

就像是重要的話一般，馨連續兩次飛快稱讚，還啪啪啪地替他鼓掌，有一半應該是真心佩服。

「喂，真紀小子，馨！接下來輪到你們了，拜託囉！」

大黑學長一身河童布偶裝扮，給我們施加壓力。

「兩人三腳障礙物競賽，對愛戀橫跨千年的夫妻來說，實在太容易了吧！哇哈哈哈哈！」

「……愛戀橫跨千年的夫妻？」

我和馨互看彼此，嘆了一口氣。

障礙物競賽，又是兩人三腳，感覺就相當危險不是……？

不過由理都犧牲重要事物豁出去拚命了，大黑學長也成了河童。

我們現在也只能回答「好」了。只能……

這種情況下，我們必須全力在將於下午展開的「兩人三腳障礙物競賽」中爭取勝利。

〈裡章〉阿水成了遛小孩的大蛟

我的名字是水連，是水蛇妖怪「蛟」。朋友都叫我阿水。

千年前是侍奉那位知名大妖怪——茨木童子大人的四家僕之一。

現在在淺草國際街附近經營一間漢方藥局，是個非常認真的妖怪。

「影兒，拜託你幫個忙，不要做那種可疑的舉動啦。我們光是站著原本就已經很引人注目了。」

「少少、少囉嗦。我我我、我也知道呀！」

來到學園祭這種人多的地方，有社交恐懼症的影兒嚇得渾身發抖，緊緊揪著我的和服袖子。

不過，學生們真的是一群怪獸耶。

一看到我們，就嘲笑說：「噗噗，那些人在角色扮演。」

我們只不過是穿著和服，戴著單片眼鏡或眼罩，又抱著小麻糬這隻企鵝寶寶而已呀——！

「拜託，影兒，你膽子太小了！太害怕陽光燦爛的地方和年輕人類了啦！這樣沒辦法去看親愛的真紀的傳統和風女侍打扮，還有活蹦亂跳的高中女生們喔。」

「少少少、少囉嗦！你在胡說些什麼呀！」

人潮太過洶湧，影兒又害怕人多，這下根本沒辦法前進，我們一直到不了真紀他們企畫的展區。

那個，印象中是舊館二樓吧？舊館離本館實在好遠呀……

「喂，你們這幾個傢伙，居然大搖大擺地來參加人類的學園祭！」

「唉喲？」

背後傳來粗魯的喊叫聲。一回頭，站著一位紮起橘色頭髮的少年。

影兒嚇了一大跳，更加往我身後躲。

「唉呀唉呀~沒想到居然會在這種地方遇見陰陽局的退魔師大人，你是津場木茜吧？」

我在川流人潮中，推了推單邊眼鏡，掛上意味深長的笑容。

「你是來監視真紀的嗎？」

「……」

六月的百鬼夜行。自從那件事以來，真紀周遭的情況急遽改變。

她本人或許覺得一切如常，但事實並非如此。

一切正慢慢地、慢慢地，然而確實地，逐漸朝她逼近。

原本她的各種相關資訊一直封閉在淺草這個地方，現在已經開始慢慢流傳開了……

「沒想到津場木家也常去買藥的『千夜漢方藥局』的水連，居然是茨木童子的前四家僕之一呀。我老爸腳踏車摔車後，受到你這傢伙的多方照顧，這次他也遭到不小的打擊。看來你似乎相當融入人類社會呢。」

「呵呵，津場木家是我的客人，而且我是個善於打點人際關係又能言善道的妖怪呀。這麼說起來，之前巴郎和咲馬都稱讚你的才能喔。」

「咦？爺爺和爸爸嗎？真的嗎？」

「……」

茜的臉龐突然光彩煥發，神情率真地反問。

但他立刻驚覺失態，在清了清喉嚨後回：「廢話，你這白痴。」

看來這個孩子……雖然裝成一副兇惡樣，其實非常喜歡自己的家人吧？

這就是所謂熱愛故鄉的戀家青年嗎……？

「呵呵，你打算比照影兒那樣也設下某種誓約束縛我嗎？」

「哈，真是太可惜了，你這混帳一點破綻都沒有，又有很多人類站在你那邊，而且……我來這裡是為了別件事。」

「……別件事？」

津場木茜迅速瞄了影兒一眼，接著輕輕嘆了口氣。

「我們得知消息，有個成年妖怪在這附近徘徊，搞不好是來找茨木的。要是混進學園祭就麻煩了。」

「……」

「你們幾個既然是妖怪，靈力又高，平常對社會沒什麼益處，這種時候就稍微嚇一嚇對方，讓奇怪的傢伙不要靠近喔。否則你們的寶貝茨姬大人會被妖怪吃掉。要是那個怪力女的靈力被妖怪吸走，我們也很困擾。」

「……難道，你們測到了真紀的靈力值？」

「拜啦……要是看到可疑的傢伙，盡快聯絡我啊。」

「……什麼？我又不曉得你的聯絡方式！」

完全不回答我的問題，神氣拋下幾句話就飄然而去的陰陽局少年。

搞什麼呀，這個任性的小鬼。跟我們家不穩定的社交障礙少年，嚴重程度有得拚……

「噗咿喔，噗咿喔！」

這時，小麻糬從我的手臂中飛出去，啪噠啪噠地不曉得要去哪。

「真受不了耶～！全部都是些不聽話的怪孩子！」

我手抱著頭，趕緊去追在眾多學生間穿梭向前的小麻糬。

「啊啊，阿水，等我啦！不要丟下我！」

影兒也是！平常明明老是面不改色地威脅要宰了別人！

只有這種時候才會一臉哭喪的表情來依靠大哥！

「喂——小麻糬——不能隨便亂跑喔。小麻糬，你應該要是企鵝寶寶玩偶呀……嗯？」

抓住跑到中庭下面的小麻糬了。

太好了……只有這裡與熱鬧的學園祭相反，沒什麼人，十分安靜。小麻糬牢牢盯著的是，從下水道排成一排爬上來，小小的手鞠河童們。

「嘿咻。嘿咻。」

為什麼學校裡有手鞠河童？

「喂，你們，來這裡要做什麼？」

「啊——？」

我出聲詢問後，那群手鞠河童抬頭露出呆滯的表情。

「我們聽說這裡的祭典，河童奇蹟似地大受歡迎。」

「社群媒體上，大家都在討論～」

「大眾想要河童吧。我們不會再被說是妖怪界最弱小的傢伙了～」

「……什麼？」

那群手鞠河童嘴裡叨念著「要快點」，仍舊是排好隊伍不知朝哪兒前進。

要是進到學校裡面，這群小傢伙肯定會被踩扁……

「噗咿喔、噗咿喔噗咿喔。」

「嗯？」

小麻糬又開始不安分了。

「喂，阿水……那個。」

然後，就連影兒都注意到了，拉緊我的袖子。我沿著他的視線望去。

在中庭的那個是……

枝垂櫻樹下，漆黑、像團破爛抹布般、沒見過的「妖怪」，正屏息狠狠瞪著這邊。

第九章

滿是河童色彩的學園祭（下）

文化祭第二天的下午一點過後，有一隻可疑的河童在學校各地徘徊。

「啊，那邊有一隻河童偷偷在看這裡！」

「ＵＭＡ喔！徹底綠色的ＵＭＡ耶！」

一旦發現河童的身影，大家都各自展露不同的反應。

小朋友或大朋友都忍不住去玩弄他、拍他，當作在社群媒體上發文的素材。有時候被整群外校男生追著跑，看起來相當辛苦，不過大黑學長光是穿著河童布偶裝在學校裡頭散步，就能發揮宣傳效果，實在是很厲害。

「大黑學長乾脆在淺草花屋敷遊樂園旁邊蓋一個河童樂園好了，應該相當不錯吧？大家肯定能拋棄羞恥心，輕鬆自在地頭戴河童的盤子去坐雲霄飛車，就像興奮到豁出去戴上老鼠耳朵那樣呢……」

「河童的盤子應該沒辦法吧。花屋敷旁邊也沒有那種空間啦。」

日本最古老的花屋敷遊樂園就姑且先不談……在千葉附近那個由老鼠掌管的夢幻國度裡，從以前就不曉得為什麼，大家都像中了魔法一般想要戴上老鼠耳朵。

我忍不住想像了一下，大家都像那樣在頭上戴著河童盤子的模樣。
馨雖然斷言絕對不會流行，但誰知道呢。
「各位，午安。這裡是大會播報台。今天的主要活動『兩人三腳障礙物競賽』即將開始！在操場已經設好了各種障礙，由各組企畫推派男女各一名代表以兩人三腳的方式進行挑戰，可說是相當有危險性的企畫。那個——我們邀請到在各種意義上成為話題人物的三年級生大黑來到播報台這邊。大黑，你又穿女裝又扮成河童，今年非常活躍耀眼呢。」
「接下來我會派出更加特別的傢伙出來，千年才有一組的人馬喔，我的風采很快就會被蓋過去啦，哇哈哈——」
「啊？千年才有一組？什麼？」
訪問內容也太隨興了。是說，大黑學長，你從容不迫地拿團扇搧臉，一邊在那裡做什麼呀……？
「喂，真紀，妳在那邊發什麼呆呀？腳上的繩子綁好囉。」
「啊，嗯。這樣我跟馨就一心同體了。」
「……要是妳抓狂，我就會被拖在地上了。」
「拜託，我又不是鬥牛。」
穿著長褶裙和浴衣的我們，用帶子繞過雙肩和頸後並在背後交叉，將兩邊的寬鬆袖子固定起來。以傳統和風打扮出場確實很吸引眾人目光，而且馨這身打扮實在很帥，但這樣在兩人三腳時動作快得起來嗎……？

其他組別的代表選手們也漸漸集合到起跑線了。

不過當然，每個都是運動性社團的成員。文化性社團的我們總顯得有些突兀。

我將長髮綁成馬尾，準備使出全力。

「妳意外地相當有幹勁嘛。」

「畢竟好久沒機會發揮我的運動細胞了呀。」

「我曉得啦。妳肯定是很期待障礙物競賽吃麵包的那一區吧。那個聽說可是學校福利社賣得嚇嚇叫的天然酵母麵包。」

「喔喔喔喔喔喔，我渾身充滿幹勁！我超喜歡那個！」

「……」

馨突然掀開我的衣領。

「啊？怎樣，你要是在操場正中間做些奇怪的事，會被新聞社拍照喔。」

「不、不是啦。我發現……妳脖子上的傷還沒好。」

因為綁了馬尾，傷口隱約露出來了。

馨似乎很在意之前在墓地遭妖怪攻擊時，在脖子上留下的那道傷口。

「啊啊，雖然沒有很嚴重，但上頭附著不好的靈力，所以痕跡褪不掉吧。之後漸漸就會消失了啦。」

「……」

觀眾席突然一陣騷動。副會長率領著足球社現身了。

副會長的夥伴是在足球社中也以飛毛腿出名的二年級生──穗高。他在國中時參加田徑社，還有晉級全國大賽。

另外，副會長本人讀國中時也是田徑社的，這是最強的前田徑社組合。

再加上副會長的高知名度，有許多人認為這一組是冠軍候選。

另一方面，雖然代表文化性社團參賽的是最強的前妖怪夫婦，但根本沒人曉得這件事，我們現在只不過是普通的文化性社團社員。

我和馨的運動細胞確實出色，但和接受過嚴格鍛鍊的運動員們相比，我們完全不會任何技巧，要說能否跟他們競爭，這實在是個問題。

「而且身高差距很麻煩，妳喝那麼多牛奶，怎麼都長不高啦。」

「你才沒事長那麼高幹嘛啦！我只要再高個五公分就有一六〇公分了。」

「……五公分差很多好不好──」

馨把手放在人家頭上，咚咚地拍了兩下。怎麼，突然覺得有點火大……

「文化性社團二年級的兩位，可以打擾一下嗎～？」

有一個人在這個時間點向我們搭話。令人詫異的，居然是副會長。

還有她的搭檔，足球社男生也在。但他長相實在過於路人，完全進不了我的視線範圍內。

「早上真是太令人吃驚了呢～女裝大會，我以為我們肯定會贏的，居然輸了。但既然派出繼見，那就只能舉白旗投降了，他真的是很可愛。」

副會長露出甜美的微笑，果然是個有吸引力又纖細的美少女，個子也很高……

「你就是天酒嗎？在三年級也很有名喔。大家都知道二年級有一個帥哥。」

「……啊。」

副會長稍微彎下腰，非常有女人味地從下方仰頭對馨展露笑容，朝他靠近一步。

纖長美腿和苗條曲線一覽無遺的運動服打扮，和我相比，布料壓倒性的少。

「還有……茨木吧？只要身高再高一點點，應該就能當模特兒呢。外型相當不錯喔。」

「……什麼？」

厲害角色。對我既稱讚又語帶諷刺，態度還高高在上。

「這場競技是運動性社團比較擅長，對文化性社團較為不利……不過也沒辦法呢。嗯，不能太過在意，總之盡情享受的人就算贏了呢！那麼，我們相互加油吧！」

副會長甜甜一笑，眨了一下眼睛，就回去自己的起始位置。

直到最後那位前田徑社的搭檔都沒有出現在我的視野裡。

「哇……副會長很厲害耶，從各種方面而言，著實存在感十足……嗯？」

「……」

「真、真紀……？」

我說不出話，只是握緊拳頭發顫，全身漲滿了奇異的鬥志。

「什麼『我們相互加油吧！』……先打壓文化性社團的企畫……比賽明明還沒開始就一副已經贏了的德性……」

「……她嘲笑妳身高太矮，有這麼讓人生氣喔？」

「廢話！你講就算了，被不相干的人講真的很讓人火大耶。還有，你居然還有點被迷住的樣子，受不了耶！」

我雙頰氣鼓鼓地使勁踢著地面，砂石飛揚。「喔喔……」馨嘴裡發出意義不明的聲音。

「現在比賽即將開始！這場戰役的結果，肯定會大大影響明天最後一天文化祭的客人流向吧！」

已經在起跑線蓄勢待發的參賽代表們。

鳴槍聲響起，選手們一同出發。

我氣勢驚人地率先前進，馨配合我的腳步。我們有一個相當好的開始。

可是，說到跑在隔壁的隔壁的副會長那組的速度！

肯定是為了這次比賽花了很多時間練習吧。一口氣就把所有人遠遠拋在後頭。

「馨！我們落後了！」

「我知道！」

我們朝對方點了點頭，一同抓起第一道障礙物「天羅地網」，使勁高高往上甩，趁網子在空中飄揚時，像是溜冰般地鑽過下方。就連播報台都對這一幕感到詫異。

「咦咦咦咦咦咦，來自文化性社團聯盟的茨木和天酒這組，憑藉驚人力量和絕佳默契通過天羅地網這關！兩人該說是鑽過去還是滑過去，還是一起讓網子飛上天呢……那樣可以算過關嗎？啊，好像沒問題。他們正極力追趕領先的足球社代表！」

擔任裁判的體育老師看到我們的體力，眼睛閃閃發光地認定「沒問題」。雖然有點隨便，卻是令人感激的判定。

一般的兩人三腳，兩個人的步伐容易不一致，得停下來慢慢鑽過去，但我們完全不需要停。我們非常清楚對方的步伐大小和呼吸。

正因為徹底了解夥伴會如何行動，才有辦法做到這個程度。

褶裙也沒有原本預想的那麼干擾，反倒讓我想起了過去酒吞童子和茨木童子熱血沸騰並肩作戰的回憶……咦？夫妻是什麼呢？

「下一個是什麼？」

「是湯匙！可說是障礙物競賽必有的。」

障礙物競賽的「金匙頂珠」，正如其名就是在湯匙上放乒乓球，邊跑邊注意別讓球掉下來的那個遊戲，更何況還必須在兩人三腳的情況下克服的超高難度關卡。這個跟運動性社團或運動細胞應該沒關係了吧，重要的是能否精確控制手腳的動作。

但是，副會長那組果然無可挑剔。

他們的動作十分流暢，毫無多餘反應，相當迅速地運送著乒乓球。

「啊啊啊啊，這個我可能沒辦法……這麼細緻的……」

「妳個性比較大剌剌呀。」

我們到這裡後，速度稍微慢下來。

「哇！」

而且我還讓乒乓球掉下來一次。慌慌張張地想去撿，卻忘了現在腳跟馨綁在一起，結果還跌倒了。馨也被我拉倒。

「哎呀！茨木和天酒這一組，似乎在這一關陷入苦戰！其他組別接連超越他們！」

「站起來！鬼夫婦，快站起來！」

實況報導逐漸白熱化。大黑學長用那副大嗓門朝我們大喊。

大家都心想：「鬼夫婦是什麼意思？」因而感到莫名其妙。

學長，我知道你很白目，但也不要正大光明地在大家面前講出來啦！

「馨，抱歉抱歉。」

我們全身沾滿沙子，爬了起來。

「沒關係，比賽才剛開始。聽好了，腳步要一致喔，接下來是妳最喜歡的飛天麵包了。」

「嗯、嗯。」

不能在這裡停下腳步。

我們的勝敗攸關文化性社團的尊嚴。

一、二、一、二……我們逐漸加速，打算縮短大幅落後的距離。

沒錯，正前方分別用長度不同的繩子綁著男女用的兩個紅豆麵包。

其他參賽者都是兩人一起停下腳步，反覆計算時機原地起跳。因為必須兩個人同時咬到麵包，這需要花上一些時間嘗試。

但我們不停。只有這個，絕對沒問題。

「十！」

馨在踏入下一關的瞬間高喊出聲。

他光是看到我們跟麵包之間的距離，似乎就已經在心中計算好需要的步數。開始倒數。

「三、二、一——」

喊到零時，兩人同時一鼓作氣往上跳，順勢朝麵包直直飛去。

我們分別咬到麵包，並將麵包從垂吊的繩子上扯下來，緊接著用單腳落地，動作行雲流水地繼續向前奔跑。

「帥啊啊啊啊啊！河童帥斃啦啊啊啊啊！這太驚人了。完全沒停下腳步的奮力一躍，兩個人一起咬到麵包耶！」

操場上響起截至目前為止最為響亮的歡呼聲。

「馨！」

「嗯？」

「那個給我！」

「……」

馨悄悄將自己原本咬著的紅豆麵包朝我伸過來。

「給她麵包了啊啊啊啊！二年級的天酒把自己的麵包給茨木了啊啊啊啊！」

「可以給別人喔？」

我們正好通過播報台前方，因此不小心被實況播報員和大黑學長看到這一幕。

接下來的關卡稱為「女坐男轎」，要先將腳上繩子解開，由男生揹著女生跑二十公尺，所以我就悠閒地坐在馨的背上吃麵包。

「啊——要是一直都這樣就好了，馨號列車坐起來超舒服的喔。」

「好、好重……」

「你、你這傢伙……剛剛講了一句絕對不能對女生說的禁句喔。」

女生們啊啊啊地尖叫，聲音激動到像是殺豬般的慘叫。

男生揹女生，原來會讓女生如此心跳加速嗎？

「各位請注意！下一關是著名的最難關卡，『旋轉木棒』在等著各位參賽者！」

現在進步到第三名的我們，來到新障礙物的前方。

「我沒有玩過旋轉木棒耶！」

「以棒子為中心點旋轉，順時針和逆時針各轉十圈喔。」

馨率先將額頭頂在球棒上，當場轉了十圈，順便示範給我看該怎麼做。

接著輪到我，用那枝球棒試著以相同動作轉圈。

唔、唔哇。剛吞完麵包後就得原地旋轉……想出這種流程的傢伙給我滾出來面對！

「啊……啊哇……啊啊啊啊。」

光是轉十圈，也就花了不少時間。

我們再次綁好腳上的繩子，總算能夠朝下一關邁進了。不過剛剛才原地轉完圈的我，無法立刻直線前進。

「糟糕糟糕糟糕……好暈、我頭好暈～！」

「冷靜一點，笨蛋。」

先轉完圈的馨似乎已經恢復正常了，但我整個天旋地轉、腳步虛晃。

唯獨這關似乎令其他組別也陷入苦戰，還有組別暈倒或摔倒，好半晌都站不起來，或是往偏斜的方向衝出去拉不回來。

副會長他們……令人驚訝地並沒有勉強快跑，兩人在剛轉完圈後，對齊步伐慢慢地向前走。

然後伴隨著彼此的吆喝聲，逐漸加快速度。太、太專業了……

「目前足球社副會長和穗高這一組大幅領先其他人，穩居第一名寶座。接著是歷經艱辛苦戰又重新奪回第二名寶座的文化性社團聯盟茨木和天酒這一組！接二連三出現遭到旋轉木棒的魔手襲擊，怎麼樣都爬不起來的戰士們啊啊啊啊！」

我們不再理會其他組別的狀況，將心思放在確認下一關的障礙物。下一關、下一關是……

「喂，真紀，妳覺得下一關是什麼？」

「你問我……盡量放馬過來吧……」

「妳還在暈嗎？但接下來是『兩人一體』，可以吃蕎麥麵喔。」

原本萎靡不振的我，一聽到這句話表情立刻轉變。

你是說……可以吃蕎麥麵……？

「但，負責吃麵的是男生吧！」

這裡必須再次解開綁在腳上的繩子，在事先準備好的藍色墊子上，比賽兩人一體吃蕎麥麵。男生披著短外褂，但手不伸進袖子裡，由同組別的女生從背後鑽進外褂，雙手穿過袖子，餵前方的男生吃蕎麥麵。

對一般男女組別來說，這應該是肢體緊密觸碰、令人心跳加速的遊戲吧……

「嗚嗚，為什麼是我要餵馨吃蕎麥麵……！」

「好了啦快點用筷子夾麵……欸，那邊是鼻子啦。好、好痛！」

不會特別感到心跳加速的我們，玩起來卻是這副德行。

而且相當困難。我的怪力差點就要讓馨的臉上多了一個鼻孔。

「反正你內心一定在想我的胸部貼著後背真是超棒的對吧？」

「白痴呀。原本應該是啊啊哈哈哈驚叫愉快的雙人一體，現在卻充滿了會從背後伸來刺喉利刃的緊張感！……欸，真紀，眼睛沒辦法吃東西，拜託妳送到嘴巴好嗎！」

為什麼都是些高難度又奇怪的關卡啦！

不過混戰一會兒之後，我和馨終於找到了運用筷子和吃麵的最佳時機。

只要我一用筷子將蕎麥麵夾高，先不要勉強餵給馨吃，而是停下動作，讓馨主動去吃，這樣很快就能吃完一整碗麵。

老師比出通過的指示後，我們快速在腳上綁好繩子，再次跑了起來。

「喔喔喔！茨木和天酒這一組，雖然在雙人一體中打情罵俏有點爭執，但默契越來越好了，第一個吃完！其他組別似乎仍在苦戰中啊啊啊！」

「咦，天酒臉上那是爭執的痕跡嗎？算了，傷疤是男人的勛章，沒關係的。」

大黑學長發表一些不負責任的言論後，不知從何處傳來女生們的噓聲。

「欸，現在我們第一嗎？副會長他們在兩人一體花太多時間了嗎？」

「啊，似乎是這樣。就這樣向前衝吧，只剩下一個障礙物了！」

「剩下那一個是什麼啦！」

「……那、那個是……」

嗯……說到那個，其實根本什麼也沒有，就是什麼障礙物都沒有的五十公尺賽跑。

「是的，最後衝刺已經沒有障礙物了，只要拚命配合對方向前跑！最適合收尾的單純的兩人三腳啊啊啊啊！」

不對。在這個地方說單純的兩人三腳。

「這下不是不太妙嗎？」

「正如妳所想……背後已經……」

我回過頭瞄了一眼，剛剛原本還在跟雙人一體奮戰的副會長那組，已經通過考驗，超我們急起直追了。

「糟糕，這樣下去會被超過！」

「衝呀，衝——呀！」

我們也緊張到臉色發白，加快腳下速度，但卻造成反效果。

「喂，真紀，配合一下！」

「但全速前進你就是會比較快呀！」

明明現在不是吵架的時候。

會追上來！副會長他們肯定會追上來！

「唔喔喔喔喔！看起來會是文化性社團聯盟和足球社的單挑對決。你們向前的道路上沒有任何障礙物，衝呀啊啊啊啊啊！」

「喔喔喔喔喔喔！」

接下來的幾秒鐘。

我什麼聲音都聽不見，有如慢動作撥放般的最後衝刺。

實際上，眼睛只看得到前方路途的地獄之路。

差距正漸漸縮短。從對方逐漸逼近後背的鬥志就能明白。

現在絕對不能回頭。事到如今，技巧或對策都不重要了，只要一瞬間的遲疑或畏縮，就會造成致命失敗。

「唔哇啊啊啊啊啊啊！」

「衝呀呀呀呀！」

隱約聽見文化性社團聯盟的大家正賣力替我們加油，但我們只是心無旁騖地向前跑。

即使彼此原本的步伐大小不同，也能自然意識到相互的速度。

我們絕不會在最後關頭輸給臨時組成兩人三腳的那一組。

這個會場裡幾乎所有人都不曉得，我們倆身為「夫妻」交織而成的漫長故事吧？

在千年前的遙遠過去，就認定只有彼此是自己人生中的伴侶，在紊亂騷動的時代中奮戰生存。

就算死了之後，也像這樣再度相逢，如此無堅不摧的堅強羈絆……

咦？怎麼會有走馬燈在腦海裡跑過？

「真紀——馨——加油呀——！」

那瞬間，盛大的加油聲或是實況轉播聲都消失在風中。

只有那道聲音清楚地傳到耳裡。

我像大夢初醒般抬起頭來，看見終點線的另一頭，由理就站在那裡。

舉起大拇指，像在對我們喊「ＧＯ」。

此刻，他還穿著女裝這件事根本就不重要，只要把他想成是勝利女神就好了。

我和馨只是一個勁兒地向前奔，將全身力氣都灌注在腳上，伸長了手。

朝著站在白色終點線另一端的好友，微笑的勝利女神，由理子的方向……

「啊，跌倒了啊啊啊啊啊啊！」

「咦咦咦咦咦咦！」

在最後這瞬間，我們像是從上方切開白色終點線似地摔倒了。

但反倒可以說正是因為跌倒了，所以才率先碰到終點線。幾乎同時抵達的副會長那組也衝過終點線了。

土黃色的塵土滾滾飛揚。直到沙塵散去沉澱為止。

我們都沒能爬起來。

全場陷入一瞬間的沉默，然後……

「贏、贏了啊啊啊啊啊啊！冠軍是文化性社團聯盟、文化性社團聯盟！最後關頭居然奮不顧身地摔倒滑壘！綠色鬥志熊熊燃燒，代表文化性社團企畫『發現河童了嗎？』的茨木和天酒這一組，漂亮地以些微之差獲得冠軍喔喔喔喔喔喔！」

「這就是深刻的夫妻之愛！太感人了！哇哈哈哈哈哈！」

今天最為熱烈的實況，就是大黑學長心滿意足的豪爽大笑。

我們並非故意跌倒，而是因為由理而分了心，一瞬間步伐錯開了才會……

不過這樣一來，更該說由理子真是勝利女神了。

「啊～嗚嗚、好痛……咦？好像不太痛耶？」

在那麼快的速度下摔倒，肯定有哪裡擦傷很痛才對，但我不太感到疼痛。這也是理所當然，因為我下方還有馨在，我以疊在馨上頭的姿勢摔成一團。

「痛、痛……」

「啊啊啊啊！馨，對不起！我怎麼會剛好跌在你上面？」

我忍不住嚇了一跳。我絕對沒有刻意這樣做！

「……沒關係。是我故意摔在妳下面的。」

「咦？難道你是……因為怕我受傷？」

馨很討厭我受傷。在陰陽局手指流血那次，還有在墓地後頸留下傷口那次，他都露出了非常複雜的表情。

馨……總是這樣不經意地保護我遠離傷害。

「欸，很重，滾開。拆掉繩子啦！」

因為是摔成一團，兩人都難以爬起來。好不容易才站起身，拆掉繩子。

雖然在大家面前沒辦法表示得太明顯，我咻咻咻地……湊近馨，露出大大的笑臉高舉單手說：「太棒了呢！」馨斜眼低頭看我，語帶冷淡地回：「是呀。」輕輕伸手跟我擊掌。

馨這次也是直到最後都是個非常可靠的老公呢。

「哎呀~真是辛苦你們了。不愧是千年才有一組的搭檔。沒想到幸運女神也站在你們這邊。」

全場依然深陷狂熱興奮中時，由理跑過來遞給我們毛巾和運動飲料。

我用毛巾擦拭汗水時，瞄了副會長一眼。她完全掩藏不住輸給我們的懊惱，低垂著頭，握緊的拳頭不住發抖。

「怎麼會這樣……」

我聽見了像是硬擠出來的低語。

當然，她原本預料的肯定並非這種結果吧。

為了炒熱學園祭氣氛，被她用「沉悶」兩個字排除在外的文化性社團，現在卻史無前例地讓學園祭熱鬧非凡。

「那個，大黑，現在是你可以介紹文化性社團企畫的宣傳時間喔。」

「……現在哪還需要那種東西呀？」

在實況播報台，大黑學長姿態帥氣地哼笑了一聲，將手高高舉起。

那動作就像一個指令，舊館二樓窗戶突然出現了又長又大的綠色橫布條。

發現布條的群眾紛紛騷動起來。

『恭喜茨木和天酒獲得冠軍！　※舊館二樓河童爆發中』

布條上寫著碩大的字體。而且排列在舊館二樓的文化性社團成員們，從窗戶朝我們大喊：

「恭喜——！」

有的人身上穿著河童布偶裝。有的穿著和風茶屋的褶裙或和服。

有的穿著在電影裡出現的搜索隊衣服。後頭還有穿著體操服、制服的。

大家各自努力做好重要的分內工作，打造了一個完整的作品。

還相信我們一定會獲勝，預先製作了這種東西。

「……太厲害了……」

舊館雖然離本館很遠，卻能從運動場看得見。此外，這可以說正是因為聯合企畫利用了整個二樓，才能做出的效果，

他們是什麼時候開始策劃這件事的？完全將副會長分派的不利位置和地點，做了個漂亮的逆轉勝。

最好別小看文化性社團。

那股熱血沸騰的感受真切地傳來，就連我也莫名地顫抖。

這就是大黑學長之前說的「人類的力量」嗎……？

「…………」

而副會長，剛剛明明那麼懊惱，表情扭曲得要命。

在那幅綠色布條出現後，她像是驚訝地愣在原地，表情漸漸放鬆下來……

在眾人對著我們吶喊意義不明的河童歡呼聲中。

她只是呆呆望著那深綠色的布條。

兩人三腳障礙物競賽結束，大家紛紛離開操場。

我們原本正要去收拾湯匙和木棒，但是……

突然傳來一股奇怪的氣味。

「好像有什麼東西燒焦的味道耶。」

「馨，你也聞到了嗎？但這是……靈力的氣味喔。」

「啊啊啊啊啊！」

忽然從某處傳出慘叫聲。

我環顧四周想確定是發生什麼事時，那東西穿過一旁的棚子，在操場上氣勢驚人的四處奔跑。

那是隻身上環繞如黑毛般霧氣的……四足野獸。

「喂，真紀！是妳之前在墓地看過的犬妖！」

「……嗯。」

「這是怎麼回事？學生們看得見他啊？」

我瞇起眼睛。

為什麼那樣的野生妖怪會來人多的地方？

更要緊的問題是，為什麼普通學生看得見妖怪呢？

學生們驚聲尖叫、嚇得四處竄逃，不用說，場面十分混亂。

「真紀！」

在這時，阿水和影兒來到我身邊。

「那傢伙！我們在中庭發現他小小一隻蹲在那兒，突然就越變越大，開始失控……抱歉，我應該先將他抓起來的。」

阿水一面調整急促的呼吸，一邊對我說。

「那傢伙原本待在中庭？」

「看起來像是負傷虛弱的模樣。而且……陰陽局的傢伙也來了。那個橘子頭小鬼說因為有奇怪的東西逃到這附近，他們現在正在搜捕。」

「……」

那隻黑犬比上次看到時大了一倍。

那是……圍繞在他身上的黑色邪氣膨脹了吧。

「那傢伙變成惡妖了。」

「……嗯。」

惡妖。

那是以痛苦和憎惡為糧，讓靈力變得漆黑混濁、失控的妖怪最終的結局。

一旦惡化到這個地步，就會失去理智，成為兇惡的化身，攻擊人類或妖怪。

歷史上的知名老妖怪中有許多是惡妖，但現代基本上很難得會遇到。

早知道上次遇見他時，我應該要妥善處理他的情況。

不過，後來不管去墓地多少次，都沒有再碰到他。

這下糟了。惡妖居然在有許多人類聚集的場所現身作亂。雖然學生們都立刻逃到教室避難了，但要是有誰受到傷害……

「嗯？副會長！」

在操場正中央，我發現副會長仍失神地杵在原地。

惡妖朝她的方向奔去，因此我停下收拾的動作，抄起木棒直線急速跑去。站到副會長前面，用木棒為盾擋住惡妖衝來的身軀。

在沉悶的撞擊聲和靈力相互激盪的波動中心。

惡妖的眼睛和我的眼睛，再次對上。

「茨木……真紀……」

那隻惡妖認出我後，叫了我的名字，接著後退。

同時，脖子上的傷口驀地發疼。

啊啊，這樣呀。這傢伙……是追蹤他留在我脖子上傷口的靈力，才到這裡來的。

簡單來說，誘使他到學校裡的，就是我。

「啊、啊啊啊啊啊！」

副會長現在才終於理解眼前情況，發出慘叫。

「茨、茨茨、茨木……妳、這、究竟……」

「……」

副會長當場癱軟跌坐到地上。我瞥了她一眼。

但我什麼都沒說，只是再度朝操場裡面跑去。

這傢伙的目標是我，那就好辦了。

「喂，真紀！不要亂來！」

馨一邊拉副會長起身，一邊朝我大喊。

「可是我必須避免普通人受傷！要是騷動擴大，陰陽局的傢伙就真的會過來，到時候大家都會遭殃不是嗎！」

「……」

馨似乎立刻明瞭我的話中含意。

「惡妖，來這裡！」

我朝追趕而來的惡妖做出假動作，從旁邊瞄準他的後腦狠狠揮棒。

惡妖雖然被打得暈頭轉向，但因為包圍住他身體的汙濁邪惡靈力成了緩衝，並沒有一擊倒地。惡妖原來的妖怪靈力轉變成邪氣，藉此獲得了加倍的力量和更為強壯的身軀……

但就算獲得那種力量，能與我們匹敵的妖怪也幾乎不存在吧。

只不過，棘手的是這裡是學校，大家都看見他了。

在這裡戰鬥，要是我們超乎常人的力量被人類們知道了。

在那之前，要是普通學生受到重傷……

大腦裡無法克制地閃過這些擔憂。

「真紀！我要在這裡創造一個『狹間』！妳懂我的意思吧！」

「……馨。」

避開惡妖揮來的銳利爪子，我和馨在短短一瞬眼神交會。

馨……這輩子原本是盡量避免使用異於常人的那個術法。

「我懂了。」

這一刻可能會成為這個時代的重要事件。

除了我，就連馨……可能都會浮上檯面。

「有我在喔！」

這時單手握著麥克風出聲的是，位於播報台的大黑學長。

「麻煩事都交給我吧。你們只管盡量放手去幹。」

「……學長。」

大黑學長的話推了馨一把，馨把副會長從操場帶到播報台避難後，就撿起兩人三腳時散落一地的湯匙。

「真是的，生在這世界上的十六年來，一次都沒有用過，沒想到……喔！」

他使勁將湯匙插進地面，雙手合掌結印。

那瞬間，以湯匙為中心，妖術式圖案的陣型朝四面八方展開。湯匙飄散出閃閃發亮的銀粉，成為妖術式的軸心。

「複製學校範圍，在地下建造相同形狀的『狹間』。」

狹間——

那是只有大妖怪能夠使出的結界術。

過去由酒吞童子所創造，流傳至現代的妖怪遺產，一種高等妖術。他現在，在這個地點，即時打造一個有如學園鏡像般的狹間。

為了避免普通學生和一般客人遭受波及，他打算將這個事件連同所有相關人士，從現實世界中切割開來。

「！」

但在馨施展完術法之前，那隻黑色妖怪就留意到高密度的靈力，揚起滾滾砂土，張開血盆大口，氣勢驚人地朝他逼近。

「馨！」

我不會讓他過去的。我朝惡妖前腳擲出球棒，趁他摔倒的空隙，趕到他前方擋住去路。

在沙塵漫天飛舞中，我穩穩站在地面，張開雙手雙腳阻擋著。惡妖則低吼著瞪向我。

「……茨木……真紀……茨木真紀……吃了妳。」

然後又像複誦某個命令般地叫我的名字。

「沒錯，我就是茨木真紀。你想吃的是我對吧？那就不要轉開目光……」

自從百鬼夜行那時開始，我的名字已經傳遍妖怪界。

想要吃掉我增補靈力的妖怪。

想要攏絡我成為夥伴的妖怪。

認為我很礙事的妖怪，或者想要抓我當新娘的妖怪……

雖然原本就想過會出現各種傢伙，但沒想到會發生這種情況呀。

「狹間建構完畢。接下來就拜託你了，大黑學長！」

馨喊道。大黑學長聽見後，將麥克風換到右手，非常可靠地點點頭「嗯」了一聲。

接著用左手拿起放在一旁的心愛團扇，砰一聲變成黃金的「打出小槌」。

這是大黑學長身為神明持有的神器，只要揮動就能夠變出各種事物。

學長不知何時也已經變成神明大黑天華美的和服裝扮。

「試音試音。那個——我的名字是淺草寺大黑天。我的名字是淺草寺大黑天。」

嗯，麥克風正常。大黑學長繼續往下說。

「一般學生和一般來客呀，若你們因這場騷動受到邪氣沾染，請將其淨化。若是看到了什麼，就請立刻將其忘記，在現世中笑鬧玩樂。是的，憑藉祭典供養的充沛活力，將此化為最強力的保護！」

接著，他高高舉起打出小槌，重重敲了一下播報台的桌面。

這瞬間，四處奔逃的學生們額頭上，都被蓋上了寫著「淺草寺」的保護印記，他們一起從這裡消失了。

不，與其說是消失了，應該說現世和馨所創造的狹間分離了。

因此一般學生在大黑學長的保護下，將會忘懷騷動，在現實世界中接續剛才的情境繼續享受學園祭。那個熱鬧和歡慶對長久以來持續守護江戶居民的「正能量大王」大黑學長來說，就是最好的供養。

不愧是東京最古老、參拜香客絡繹不絕的寺廟裡頭的神明。

這是一件驚人之舉。可一旦到了他這種高度，沒有什麼辦不到的。

「……改變了。」

另一方面，只有我們這些相關人士被拉進馨創造出的狹間。因為是學校的複製空間，所以景色幾乎一模一樣，只是這裡是個彩度低、一片死寂的世界。

「唔唔唔、唔咕啊、唔喔啊啊啊啊啊啊！」

在這樣的空間裡，那隻黑色妖怪發狂起來。

幾乎要摔倒般地在操場上狂奔繞圈，痛苦地掙扎翻滾。

「看起來十分痛苦耶……」

身體遭到邪氣侵蝕的巨大疼痛……我很清楚。

在墓地初遇時，我如果多花心思去了解、親近他就好了。

這應該並非單純因靈力不足而生的痛苦。

肯定是深深受到傷害，滿心憎恨著什麼，才會需要更強大的力量。

「真紀呀，要怎麼辦……惡妖只會造成禍害，還是我來討伐他吧。」

至今只是一直守望在我身旁的阿水出聲詢問。

「不，不能那樣，阿水。他會變成惡妖肯定是有原因的。如果那是有可能解決的問題，就得幫他處理掉。如果可能，我希望能拉他回正軌……」

「……」

「就算有可能最後還是沒辦法，必須殺了他，但我不要讓他連改過自新的機會都沒有。」

無論如何，得先暫時制住他的行動。

痛苦掙扎而發狂的妖怪，再次鎖定我為目標。

但我沒有逃走，也沒有朝他而前進。

「由理，拜託你了！」

只是向站在背後學校大樓屋頂上的由理大喊。他早就料想到自己的任務，事先到了那裡。我有發現這件事，馨肯定也是。

「受不了。擔任你們的助攻也實在是不輕鬆耶……」

他身上還穿著女裝，嘴裡嘟噥著：「真是拿你們沒辦法。」同時拉起假髮拋開，架好不知從哪裡拿來的，弓箭社的弓。

咦？為什麼小麻糬在由理腳邊跳來跳去的。

我剛還想說怎麼阿水沒帶著他，結果居然跑到那裡去！

「小麻糬，待在我身邊。讓我……想起自己過去的模樣。」

接著，由理拉開弓。

羽毛……散發銀白色光輝的美麗羽毛，輕飄飄地在空中飛舞。

幻想般的光芒。如同雪花般的羽毛，也是由理靈力的象徵。

轉瞬間，羽毛化為無數利箭。

「噗咿喔～！」

小麻糬可愛的叫聲成了信號，所有箭一口氣奔射而出。

有如大雨般遍灑在朝我怒吼狂奔的惡妖身邊，變成光的柵欄，令他無法動彈。阿水嘆服地說：

「破魔之矢嗎，不愧是鵺大人呀……」

「看他執行好像很簡單，但其實是比束縛術或鎮靜術更高等、極為複雜艱難的術法。那傢伙基本上什麼都會。」

沒錯，正如馨所說。過去的鵺，憑藉著自己的靈力基礎，將可能會「派上用場」的技巧全部都學起來，是個難得一見的妖怪。

他轉生為人類之後也時常施展一些小術法，但這種華麗大招應該是很久不見了。

「真厲害耶，由理。」

前大妖怪，還有神明，都極為可靠。接下來輪到我了。

「影兒，過來。」

「……是的，茨姬大人。」

我呼喚家僕影兒，他變回小小的八咫烏，在我伸出的手臂上停下來。我從正面凝視著他的眼睛。

「我要稍微釋放黃金之眼的力量喔，請借我進入那隻妖怪內心的能力。」

「我明白了。」

影兒左邊的黃金之眼閃著光輝，倒映在我的眼眸。
這樣，我就能暫時擁有他的力量。
「黑色惡妖，讓我暫時看看你的內心吧。」
我走近邪氣遭破魔之矢柵欄所抑制，又受到束縛咒和鎮靜術同時作用的惡妖，伸出食指抵住他的額頭，闔上雙眼。
意識驀地飄遠，身體像要挨近這隻獸般倒下。
然後全身陷入黑色霧氣中，沉進原本身軀遭到掩蓋的妖怪體內，簡直就像無底沼澤一般。
遠處，馨神色凝重，卻一語不發地望著我。
他其實應該是不想讓我涉險的。即便馨和我常互相開玩笑，但對於彼此下定決心展開的行動，決不會出手阻止。
嗯，沒問題。
我會拯救這隻受苦的妖怪。
那是過去被你……酒吞童子拯救的我，所立下的誓言。
所以，最後你要來接我喔。

〈裡章〉馨不讓任何人通過

「那幾個手鞠河童，去把散落一地的湯匙撿過來。你們肯定辦得到。」

「遵命。」

「要在這裡蓋河童樂園嗎？」

對著不知為何被拉進這個世界，到處晃來晃去的手鞠河童們，我，天酒馨，發出指令。他們是只要被誇獎就會樂意勞動的小傢伙。

「什麼～只有我幫不上忙，實在太令人傷心了啦。馨～你不這麼想嗎？」

另一邊，是從剛剛就派不上用場的S級妖怪一隻。

「拜託，水蛇，煩死了。你給我閉嘴，要是害我分心，就把你的單邊眼鏡敲成兩半。」

「哎呀——哎呀——搭理我一下啦～我也想要幫上真紀的忙呀！這樣一來連手鞠河童都比我還有用～」

「你這混帳，等真紀回來累得半死時，就是你出場幫她恢復精神的時候吧！在那之前你就忍耐一下乖乖等她啦。」

明明我為了維持用湯匙建構出的狹間，正繃緊所有神經。

這隻水蛇中年大叔在我身旁蹲下，望著眼前情景，嘮嘮叨叨地嘟噥著一些根本無關緊要的事情。

大黑學長和由理為了確保現世的狀況，似乎已經先回那邊去了。

也就是說，現在待在這裡的就只有我、水蛇、還有幾隻手鞠河童而已。

「酒吞童子大人～是金屬的湯匙～」

「也可以說是不鏽鋼的湯匙～」

「啊，謝了。」

那群手鞠河童收集好湯匙拿來給我，我再將湯匙一一插進當作軸心的湯匙四周。手鞠河童們為了收集湯匙，又各自散開了。

「我也想要快點變成真紀的家僕——影兒好好喔，真紀都帶他去。」

沒事可做的水蛇，眼睛盯著那幾隻勤奮幫忙的手鞠河童，嘴裡仍是叨念個沒完。

「……你不需要那種制約吧。真紀就是這麼信任你。」

「啊，是這樣嗎？或許如果我是個再更沒用些的妖怪比較好。懂事可靠的長男呀，通常都是沒啥好處的角色呢。馨，你不這麼覺得嗎？不對——這些話問你就問錯人了，畢竟你可是真紀的老公，所以呀，沒錯，忌妒你。」

「中年大叔是在講些什麼啦？有夠囉嗦的，滾去那邊。」

「啊——啊——太過分了！理我一下啦，馨——我也想要幫忙。」

吵、吵死了。再講得更直接點，實在有夠煩。

「那你加點水在術陣裡，你的水有淨化效果。我打算之後要把這個狹間給淺草地下街管理，要是殘留著惡妖的邪氣，就不好用了。」

「好吧好吧。」

水蛇自己一直要求要做事，現在卻回覆得如此敷衍。真是讓人火大的傢伙。

他不曉得從哪裡變出清水和桶子，開始灑水。

這畫面實在讓人覺得不太真實……

真紀正在拚命努力，我們卻這樣優哉游哉的，真的可以嗎？

「對了，馨。」

正在灑水的水蛇，突然朝我丟來這樣的問題。

「你……關於酒吞童子死後的事情，知道多少？」

「……什麼？」

我的集中力絲毫沒有潰散，瞄了水蛇一眼。

太過安靜的虛假操場。

清涼的水蛇靈力，似乎掠過我的後頸。

「首先是茨木童子在京都的一条戻橋遭渡邊綱所傷，又因為那個傷而被源賴光所殺害。接著，結束扮演藤原公任，化身成其他人的鵺遭人識破真面目，被人類打倒。死去先後依序是酒吞童子、茨木童子、最後是鵺……我們在民俗學研究社確認過許多遍了。」

「……沒錯。」

阿水淡淡地回道，接著……

「這次你要是再拋下真紀一個人，我絕對不會饒過你。」

茨木童子四家僕中的大哥，說話的語氣簡直像是有義務守到最後似的。

他的表情與平常的不正經截然不同，甚至對我有些冰冷。該說是壓力嗎……？

「這種事，不用你講我也曉得。」

所以我也有些動怒，回話口氣較衝。

想必是因為自己非常清楚，這是我的過錯。

真紀在描述茨木童子過世時的事情時，是如同講故事般輕描淡寫地敘述。

但，究竟是如何呢？

因為酒呑童子最先死掉了，後來到底發生了什麼事，我一點都不知情。

讓真紀、上輩子的老婆，經歷了何種痛苦呢……？

「喂！你們兩個，在幹嘛啦！」

「……？」

我吃了一驚。

結界應該不容許任何人闖入才對，眼前卻出現了那個橘子頭……不，是陰陽局的津場木茜。

那傢伙表情凝重、氣勢兇猛地走向這邊。

「喂喂，為什麼你在這裡，這裡是……？」

津場木茜驀地拔刀朝我刺來。

刀尖傳來強勁而洗鍊的人類靈力，我不由得皺起眉頭。

「你這混帳，為什麼能夠創造狹間？」

「……」

「狹間是妖怪界的高等妖術，而且還必須是S級以上的妖怪才能運用的術法。為什麼身為人類的你卻能……難道你是……」

他的疑心表露無遺。原本以為他只是個戀家少年，但既然能闖進這裡，就表示陰陽局的年輕王牌不是虛有其表呀。

該不會……已經被發現了吧？我是酒吞童子轉世這件事。

「唔喔啊啊啊啊啊！」

受制於由理的利箭柵欄，安靜了好一陣子的黑色惡妖突然激烈掙扎，在操場上發出響亮的吼叫聲。

真紀潛進那傢伙內心深處，發現什麼了吧。

恐怕那正是他化作惡妖的邪氣根源。真紀沒事吧？

「嘖，這隻惡妖！我現在就將你砍成兩半！」

津場木茜抽回原本對準我的刀子，朝黑色野獸的方向跑去。

「喂，水蛇，這裡交給你了喔。」

「什麼？」

「你也是堂堂S級大妖怪吧，那麼管理狹間對你而言應該是小事一樁。你不是很想幫上真紀的忙嗎？」

「什麼？等等啊啊啊啊啊？」

狹間的初期建構完成了。接下來就只要持續供給靈力維持穩定，這個工作讓待在一旁的水蛇來做也可以。那傢伙雖然突然接到不曾執行過的任務有點混亂，但我絲毫不以為意地朝津場木茜追去。

我在半路上撿起真紀放在地上的木棒，衝到津場木茜的前方與他對峙。

揮落而下的刀跟架起阻擋的棒子，彼此的靈力相互激盪，發出響亮的震盪聲。

武器交鋒了幾回，我暗自估量津場木茜的力量。算準他刀鋒要刺過來的時機，我迅速蹲下用力揮棒，從旁瞄準他的腳。

「！」

但津場木茜瞬間發現我的意圖，向正後方閃開。他在後腳朝後滑行時捲起的漫天沙塵中，快速地重新舉好刀。

雖然心有戒備，但冷靜無懼嗎？

他正冷靜地想要判斷我到底是何方神聖。

「嘖、是人類……我還想說會不會是妖怪化作學生的模樣，不過妖怪和人類的差別，只要接觸過一次靈力就能分辨。」

「哦，聽起來你和相當多妖怪打過嘛……」

跟滑瓢那不成才的孫子果然等級不同呀。

但他有弱點。陰陽局的退魔師頂多是專攻妖怪的戰鬥人員。

他們不能傷害人類。

「知道的話就滾開！我這次一定不能讓那隻惡妖逃走！」

「！」

津場木茜的腳邊浮現五芒星，無聲地加速，轉瞬間就越過了我身旁。

「——惡靈退散、淨化開始。」

這下不妙，他打算制伏那隻黑色妖怪。他平舉著刀直直向前指，打算刺穿自己認定是惡妖的那東西，連同邪氣一起驅逐，可是……

「……啊？」

津場木茜的表情寫滿困惑，無法理解剛剛發生了什麼事。

他的刀尖正要貫穿惡妖的瞬間，人又突然回到剛剛浮現五芒星的地點。

「我話說在前頭，這個狹間的老大是我，所有事情都得看我的意思。」

利用術法的痕跡，我重新編寫了津場木茜的位置資訊。

我站在惡妖前方，再次將木棒如刀子一般擺好備戰姿勢。

「真紀正在努力想辦法拯救這隻惡妖，那是只有她才能辦到的事。所以，想要妨礙真紀的傢伙……我只好讓他們吃一記場外再見全壘打！」

我認為……這樣超帥的，可是——

「他是在模仿真紀嗎？」

「這是抄襲吧～」

水蛇和那些手鞠河童的竊竊私語飄進耳裡，我只好朝他們大喊：

「那邊給我安靜一下！」

但這個舉動似乎刺激到津場木茜這位正值青春期的男生特有的好勝心。

隨怒氣高漲奮起的靈力，轟隆作響，在他身邊激烈迴旋。

「你這混帳，居然給我得意忘形……我再來給你肩膀的舊傷狠狠一擊吧，這個蠢貨！」

啊，這就像我常看的少年漫畫的故事情節發展。

但我也不可能在這裡退讓。

我要守護真紀的一切。這是我這輩子的誓言。

第十章 狼人的記憶

那是在幽暗森林之中。

從林間樹木的縫隙，可以看見滿月。

我和停在肩上的八咫烏影兒，漫無目的地走在寂靜的森林裡。

「……啊。」

傳來一聲遠吠。是那隻惡妖的叫聲嗎……？

「茨姬大人，這裡已經是那隻黑色妖怪的記憶之中了，應該可以聽到他內心的聲音吧。」

「……嗯，我明白。」

我豎耳傾聽。然而傳來的只有不停恐懼著什麼的，聲音。

逃出來了。從那座牢籠裡逃出來了。

必須逃到更遠的地方才行。

他們會追過來。

但這裡是外國的土地，我該往哪裡去才好呢？

我想回家。想回家……好想回家……

朝森林外頭奔馳的是那隻黑狗……？

不，那是一匹狼。脖子和腳上還拖著扯掉的鎖頭，渾身是傷。

就像原本遭到囚禁那樣的痕跡。

『別跑！魯卡魯！』

追捕他的傢伙，如此喊道。

魯卡魯……？

我記得是外國「狼人（Loup Garou）」的意思。

那麼他並非出身本國，是從外國被帶來的狼人嗎？

他不是日本的妖怪呢。

「我有聽過這種事，有些傢伙會像這樣捕捉狼人這類魔物或妖怪買賣。盜獵日本妖怪賣到國外去，或像這樣抓外國妖怪帶進日本……」

「不可饒恕……所以我原本才想一直躲起來。」

「……影兒。」

影兒的黃金眼眸也一直是各方覬覦的目標。

妖怪經常因為其特殊的外觀或特質，遭到人類追捕或搶奪……

然而情況對自己不利時，人類又擅自斷定妖怪是「惡」，不講理地出手傷害或施以處分。

「啊……」

叫做魯卡魯的黑狼，被人類逮到了。

體內被打入銀樁，痛得不住哀號的身影，光是看著就令人難受。

我想要衝過去，將做出這種傷天害理之事的混球痛揍一頓，把他救出來……

心裡有股這樣的衝動，但這已經是發生在過去的事了。

換句話說，這隻黑狼擁有如此哀傷的過去。

「逃走了！」

「別跑！」

但是，狼人逃跑了。即使體內遭打入銀樁，他還是拚命渴求「活下去」，努力逃離。

我們追在他後面。穿過森林，只為知曉黑狼的行蹤……

狼人衝出去的地方，是山腳的馬路。

軋吱吱吱吱吱吱——！

「……咦？」

一輛車緊急剎車，讓後頭好幾輛車連環追撞，發生車禍。

也有車輛燒了起來。

「啊……」

那之中，有我相當熟悉的藍色廂型車……

「爸爸、媽媽。」

我想起來了。我有聽過讓爸媽過世的那起連環車禍的肇事原因，就是一隻像是野生「黑狗」的東西衝到路上引起的。這裡雖然在山腳，但因為是與人口眾多的城鎮相連接的國道，下班巔峰時段車子還是很多。

原來。原來。

原來是這樣呀……

只是我完全沒料到，會在這種情況下得知爸媽過世的原因。

這也是命運。

「茨姬……大人？」

我雖然靜默不語，但內心確實激盪不已。影兒留意到我的反應，擔心地喚我。

啊，也是呢，現在不能因為這件事自亂陣腳。

這已經是好幾年前的事了。

這隻狼人還有後來的記憶。

「那隻黑狼……」

狼人的身影從馬路上消失了，似乎是逃到馬路的另一側了。

想不到因為這起車禍擋住了那夥盜賣人的去路，沒辦法繼續追捕狼人。

場景變了。

與剛剛的森林截然不同，似乎是在洋館的一間房內。

空氣異常沉重，房間內只有月光從窗外透進的光線。這裡究竟是……

『你這麼憎恨人類嗎？家人慘遭殺害，孤身一人從故鄉被抓到海外，當作奇珍異獸展示，身體被打進銀樁。傷害你的那些罪孽深重的醜惡人類……』

鋪著鮮血顏色絨毯的房間最深處，有一個人坐在椅子上。

語調文質彬彬，內容雖然聽不太清楚，但應該是年輕男子的聲音。

他的臉在陰影處看不清長相，不過還能辨識出身上體面的西裝下襬和長褲，以及皮鞋。

『恨。』

以含糊聲音回答的是，那隻狼人。

面對著坐在椅上的男人，頭髮蓬亂的人形剪影喃喃應聲。

沒辦法清楚看見他的模樣。

「那是剛剛那隻狼人嗎？」

「嗯……只是剛剛是狼的模樣，現在則是變成人。」

我跟影兒相互確認，接著再次凝望著眼前這一幕。

『恨……我想回去，故鄉。』

『……我能明白。我也是這樣，每天晚上都想著好想回去那個地方。』

穿著皮鞋的男子站起身。

『那麼，我給你一個建議吧。』

接著，他走近狼人，像是要抱住對方的頭一般，咬住狼人後頸。狼人低聲嘟囔，看起來正忍耐著痛楚。

過了一會兒，男子放開狼人，從胸前口袋掏出手帕擦拭沾上鮮血的嘴角。狼人當場倒地。

『狼人的血實在是不能喝耶。』

穿著皮鞋的男子微微苦笑。

『我沒辦法拔除你體內的銀樁，我對那個不太擅長。你應該快要變成惡妖了吧，但想要向憎恨的對象報仇，光是這樣力量還不足夠。但是呢，只有一個人可以拯救你。她的名字是……茨木真紀。』

我和影兒聽到這幾個字，不禁側眼朝彼此看去。

『你，是啊……只要吃掉那個姑娘就好了。』

「！」

『這樣一來，就能獲得絕對強大的力量吧，再沒有必要畏懼人類的偉大力量。對於那些狩獵妖怪的卑劣之徒，只要輕輕一碰就能制裁他們，屬於妖怪王者的力量。』

『吃掉……茨木……真紀……』狼人覆述著我的名字。

原來如此。

銜著我來的妖怪會屢次出現在那塊墓地，或許是因為我只有那時才會離開淺草吧。

淺草是一塊有淺草寺和許多神社寺廟，還有上頭神明們守護著的土地。

而且也充滿了眾多妖怪們的靈力，我家還有淺草地下街組長設下的結界保護著。

再加上我自己原本就有戒備，要在淺草這個地方抓我非常困難。

不過，要說有什麼讓我感到擔憂……

知道我的這位穿著皮鞋的男子，究竟是誰呢？

『唔喔啊啊啊，唔喔啊啊啊啊啊！』

狼人突然痛苦地掙扎，從體內散出邪氣，黑霧覆蓋住身軀。

雖然還沒變成惡妖，但外表已經是在墓地相遇時的那副模樣。

固然只是時間早晚的問題，但促使惡妖化加速進行的，是這個穿皮鞋男子的力量吧……

『我呀，想要超越她。既然她再度出現在這個世界了。』

穿著皮鞋的男子仰頭望著天花板，張開雙臂，語氣中甚至透著歡喜，繼續說下去。

『我這輩子絕對要超越茨姬。』

——咦？

男子口中說的那個名字，在過去只有少數人才會如此稱呼。

你……你這傢伙，到底是誰？

我明知道這裡只不過是記憶中的世界，仍是朝那個男子奔去。

但記憶的世界正漸漸變得模糊。

「等等，等一下！」

我伸長了手喊叫。這瞬間左眼突然發疼。我向影兒借來的黃金之眼的力量，對什麼產生了反應。

我和那個人，絕非面對面了。可是……

原本應該都屬於影兒的黃金雙眼。

現在擁有左眼的我，和不知為何擁有右眼的那個男人，一瞬間視線交會了。

「……」

穿著皮鞋的男人回過頭，看著他的臉我瞪大眼睛。

整齊服貼，有如銀絲般的美麗直髮。從左邊瀏海的分線斜斜伸出的，白銀的一角。

毫無血色的肌膚上頭，左邊是原本的紫瞳，右邊則是影兒的黃金之眼。

你、你……

過去是茨木童子四家僕之一。

吸血的一角鬼——凜音……我以前都喚他凜。

「……」

即使窺探完狼人的記憶，這裡仍是一片漆黑，深受詛咒的泥沼。

倒臥在地的是，瘦削而滿是傷痕的狼。

「沒錯。你被那個人利用了呢。」

我並未完全理解所有的事。

老實說，現在腦中淨是根本不想去思考的事。

但是，我現在必須拯救眼前的這隻狼人。

「茨姬大人……這傢伙會想要吃掉茨姬大人，是被那個凜音唆使的。」

「影兒，你也看出那是凜音了對吧？」

「是的。老實說，我想殺了他。」

「……」

「但我不能這麼做，所以要忍耐。」

影兒正極力克制熊熊怒火和那份衝動。

他之所以說要忍耐，有很多理由。陰陽局一直盯著他，不能夠輕舉妄動。

不過在那之前，我想他很清楚我不會同意他這麼做。

「茨姬大人，妳要救這隻狼人嗎？」

「嗯。」

「就像當時救我那樣？」

「……你那時的情況不太一樣，不過也是呢。這隻狼人會走到這步田地，我似乎也要負上一些責任，而且……」

說到這裡，我無法再繼續講下去。

我想起爸爸和媽媽的車禍現場。

拯救這隻狼人，在某種意義上就是拯救讓兩人過世的禍首。

其中……蘊含著非常複雜的心境。我，或許正在做違背孝道的事呢。

我深深地吸了一口氣，再吐出來。

「不過呢……我在好久之前受妖怪們拯救。痛苦、寂寞、寒冷、又難熬到極點的時候。」

靈力枯竭，而陰陽師的術法日夜苦痛折磨我的時候。

出現在眼前的一束光。

撬開緊閉的大門，朝我伸出手。

將我拐走。救我出去。

那是，鬼。

平安京裡最讓眾人避之唯恐不及，最遭人嫌惡，人類認定最大的惡。

但對我來說，他就是正義。

「爸爸，媽媽，抱歉，所以我……對那些正在受苦的妖怪，沒辦法置之不理。」

憎恨什麼，無法原諒什麼。那種痛苦，上輩子我刻骨銘心地體會過了。

只要有一個獲得救贖的契機，只要有人願意伸出手，命運就能截然不同，就像我一般。

我探身從上方看著黑狼瘦削的身軀，找到刺進側腹的銀椿，毫不遲疑地拔出來。

「……唔。」

多麼惡質的詛咒。和過去束縛我的東西相同。人類為了支配妖怪或殺害他們而創造出的、可憎的封魔道具。

他因此承受的痛苦，比想像還來的巨大吧？

拔出銀椿的傷口處湧出紅黑色的血液，染上我的頭髮、臉頰和褶裙。

「茨姫大人，邪氣會弄髒妳。」

「沒關係。茨木童子過去就是染滿鮮血的鬼姫呀……」

當時，好像有位說我鮮紅如血的頭髮是……堅強生命色彩的陰陽師。

為什麼會在這種時候想起這件事呢？我不曉得，忍不住露出苦笑。

「欸，魯卡魯，我不會讓你吃掉的，但我可以給你一點我的血液。這其實原本是只給家僕的東西喔。」

我咬向自己手臂上柔軟的部分，留下一個傷口。

血液滑過手臂，從指尖一滴滴滑落，浸潤黑狼的傷處。

這個血液，就是我那連邪氣都能消滅，具有強大刺激性的靈力。

「好好感受吧，然後，想起你原本的模樣，早點打起精神來。」

接著，我像是包覆住一切般，抱緊那遍體鱗傷的身軀。

「為什麼……要救我？我原本打算吃掉妳的。」

狼人清醒過來，用枯啞的聲音問道。

「你問我為什麼？因為那是我上輩子的誓言……絕不動搖的信念喔，魯卡魯。」

「……」

即便我如此回答，他似乎仍舊無法理解我的心情和行為。

「我間接殺了妳的爸媽。為什麼……為什麼，能夠原諒我……？」

他透過我的血液知道爸媽的事了嗎？我臉上依舊帶著苦笑，搖了搖頭。

「那不光是你的錯。」

「妳不恨我嗎？」

「很遺憾。因為我曾經非常、非常憎恨人類，到了你根本無法想像的程度。和那份恨意相比，這只不過是懊悔罷了。」

「……懊悔。」

他似乎聽懂了，但又似乎仍是無法認同。

我感受到狼人複雜的心境。

「……我，沒辦法回到從前的模樣了，也不想成為妳的僕人。」

「無所謂。我已經有優秀的家僕、可靠的夥伴們，還有打從心底珍惜的人們了。不過，施恩於人必求回報，是我的原則喔。」

「……」

「這次是賣人情給你喔，所以有一天你也得幫我一次，那樣一切就扯平了。」

我就是這樣幫助妖怪，接受妖怪的幫助……

我就是這樣活著，受保護著。

影兒在旁邊叨念：「居然有人不想當茨姬大人的家僕，完全無法理解。」但家僕要是真的增加，他肯定又會鬧彆扭。

「那我們離開這裡吧，不要在邪氣的泥沼中待太久。」

我站起身，將身軀龐大的黑狼扛上肩，順手拾起掉落腳邊的銀椿，吹掉表面灰塵，就放進口袋裡。

影兒站到我的頭上後，我說：「那就走吧。」

「嗯——但我不太曉得該怎麼出去耶。進來容易出去難，而且這超過我的專長範圍了。」

因此來呼叫專家好了。首先，先深深吸口氣……

「馨！馨馨馨！馨——！」

沒錯，這就是我上輩子的老公，這一世的名字。

我不停地大聲呼喊馨的名字。或許因為這樣，那團泥沼簡直就像蛇一般爬上我的身體，纏住我想將我拖進去。

原本束縛了狼人的邪氣。狩人們的詛咒。

凜音暗藏的靈力……

這一類東西聚集而化成的異形惡意，正打算攻陷我。

我毫不在意地繼續喊叫。繼續叫著那個名字。

「馨呀呀呀，馨呀呀呀呀呀呀！」

「聽到了啦，吵死了！」

看吧，來了吧……？

傳來與平日無異的馨的聲音。一束光射進黑暗。

手，伸了過來。

「真紀……」

叫喚著我的名字的那個人的手，我毫無猶豫地抓住。

將我從黑暗中拯救而出的，沒錯，總是這隻手。

「唔……好刺眼。」

我慢慢睜開眼，率先映入眼簾的就是馨擔心的臉龐。

不禁放鬆下來，露出燦爛笑臉。

「什麼呀，那個表情，真讓人火大耶。」

我似乎被抱在馨的懷中。

好久沒被公主抱了，下意識輕輕摟緊馨的脖子。

「唔，我要被壓垮了。」

「馨，你又講這種彆扭的話——啊！」

突然意識到疼痛。剛才我咬自己手臂留下的傷。

馨望著那個傷口，又皺緊眉頭露出複雜的神情。

「啊——啊——我得幫真紀的傷口敷藥。欸，馨，我得在這裡待在什麼時候呀？」

是阿水。他正身處管理狹間的法陣當中，強忍著想要飛奔過來的衝動，一臉掙扎的模樣。

「欸，那傢伙呢？魯卡魯，狼人。」

我仍倚在馨的懷中，四處張望。

然後，再度化為人形的影兒回應：「這傢伙嗎？」他手拎著一隻毛髮蓬亂、又黑又小的幼狼，伸向這邊。

「哎呀，好可愛。從惡妖恢復原樣了呢。」

「……只是非常虛弱。邪氣似乎都消散了。」

「畢竟我都給他我自己的血了。邪氣什麼的根本小事一樁。」

「妳真的是破壞神耶。」

狼狽的幼狼「哈啾」地打了個噴嚏，掛著一條鼻水發抖。

「衛生紙～」

一隻在腳邊晃來晃去的手鞠河童反應靈敏，從背甲中撕了一張衛生紙。什麼呀，你是面紙盒嗎？

影兒接過，拿給小狼人說：「來，擤一下。」

他大概常常這樣照顧小麻糬吧。影兒也變哥哥了呀……

「這傢伙該怎麼辦？真紀，妳該不會又和他締結家僕的誓約了吧？」

對於馨的問題，稍微有段距離的阿水明顯有了反應，抬起頭看向這邊。

我搖了搖頭回：「沒有。」

「這隻狼人憎恨人類。那並非輕易就能療癒的傷口，我自然也不會勉強他成為家僕。就當作賣他個人情，等著他哪天來報恩囉。」

「原來如此，給他一個目標嗎？」

「是這樣沒錯。我從剛剛就一直很在意……」

對，就是在指那個從剛剛就在視野邊邊動來動去的那個人。

「我、我的刀……居然被那個裝模作樣的傢伙給……」

那裡蹲著一個像在念經般，不斷恨恨叨念的傢伙。

「我看到一個自暴自棄的橘子頭耶，那是陰陽局的津場木茜？」

「啊啊，那傢伙好像進得來這個狹間，自己在那邊生氣動手想要砍我，我就用棒子狠狠敲了他的刀一下，結果折斷了。」

「咦咦——你把髭切弄斷了？這樣那傢伙當然會自暴自棄呀。那把刀不是斬斷茨木童子手臂的名刀嗎？」

「喂，給我閉嘴——！」

津場木茜自哀自憐的模式突然解除，他舉起雙手、動作粗魯地站起身。

「刀斷掉這種事根本就無所謂啦！反正已經斷過、破損過好多次了！這種小事，青桐輕輕鬆鬆就能幫我恢復原狀！」

然後，又露出像流氓的倨傲表情，態度無禮地朝這邊走來。

「喂，怪力女。這件事我會好好回報陰陽局的，那邊那隻破抹布般的小狗，給我拿來！」

「那不是小狗，他是狼人，魯卡魯。是被不肖盜賣商人從國外抓過來的，將他當作奇珍異獸展示，如果逃走就朝身體裡打進銀樁，受到人類各種殘酷折磨……我將他從惡妖變回原狀了，所以……」

我從口袋裡取出銀樁，遞向津場木茜。

他粗魯地一把抓過去，專心觀察了片刻，才用靈符包起來。

「你們不會殺他吧？」

「……」

「如果你們要殺他，我就不能將他交給你。」

說話時我仍按著依然鮮血直流的手臂。

津場木茜瞄了一眼我的手臂，不知為何咂了一下嘴。

「誰要殺他啦。我說呀，青桐不會准的。是說，我是一點都不想叫妳放心啦，但從外國被抓來，遭到人類私下交易傷害的『普通妖怪』，會暫時成為保護對象。」

津場木茜語氣雖然冷淡，但他沒有稱呼狼人為惡妖，將他判定為普通妖怪。

「我們現在也有在調查祕密販售這種珍獸的『狩人』組織。等那隻狼人身體恢復後，有很多事情必須要問他。」

「是這樣呀，那就好……還有。」

我正打算講出在那隻狼人的記憶中看見的那個人的名字，又隨即猶豫起來。

可是……不能不說。

「不用茨姬大人說，我來講。」

「……影兒？」

但在我說出口之前，影兒面對著津場木茜說道：

「在那隻狼人的記憶裡，我看見搶走黃金之眼的犯人了，而且那傢伙跟這次的事情也有關係。」

「！」

現場所有人都詫異不已。影兒輕輕觸碰自己的眼罩，吐出那個名字。

「他的名字是，凜音……過去和我跟阿水同為茨木童子大人的四家僕，擁有銀色獨角的吸血鬼。」

我的腦海中也再度浮現，在狼人記憶中看見的自己上輩子家僕的身影，遙遠而安靜地，定定凝視著……

欸，凜。

你果然，還無法原諒我——茨姬，對吧？

第十一章　過往大妖怪的夢中……

學園祭結束後的那個星期六。現在大夥兒正在幫馨搬家。

「這樣呀～那個凜呀，嗯，的確是個令人有些擔憂的老三呢。」

阿水語調溫吞地說道。

他正好站在馨房前的那棵紫玉蘭樹下，悠哉地抽著菸斗，望著眾人從淺草地下街的小型卡車裡頭一一搬下行李。

我也將三個裝滿書和課本的紙箱疊在一塊兒，一把扛起。還是滿輕鬆的。

「雖然不曉得凜的目的和這麼做的意圖是什麼……但總有種不祥的預感。要是找到他，一定要抓起來打屁股，狠狠訓他一頓。畢竟他搶了自己弟弟的東西。」

「咦——什麼，好令人羨慕喔～」

馨自然不會放過吐嘈阿水的好機會。

「喂，水蛇，你少光明正大地偷懶，還講那種像變態一樣的話。真紀可是跟搬家公司的小哥同樣努力幫忙喔。」

「可是——就算你拿蠻力型的真紀，跟頭腦型的我相比……」

前者可是人類，後者是妖怪耶。至少算是啦。

「喂——家具要進去囉——」

組長的聲音。這次要從卡車卸下家具。床、洗衣機、微波爐等物品是馨在和爸爸討論後，決定接收家裡原本的家具。組長開淺草地下街的小型卡車去載這些東西，率領他精心訓練的強壯組員幫忙搬運。

「酒呑童子大人！這個要搬到哪裡？」

影兒也正拚命幫忙。他似乎因為不曉得東西該放在房間的哪裡而感到遲疑，馨立刻走進房裡下指令。

「嗯——那個是什麼呀？啊，是衣服，那就先放在這邊……」

「我知道了，酒呑童子大人！」

「喂，影兒，你可以不用再叫我酒呑童子了，我現在是天酒馨。」

「……馨大人？」

「嗯——可以不用加大人啦……不過算了，你怎樣叫比較方便就怎樣吧。」

「馨大人！馨大人！」

影兒原本就一直很仰慕酒呑童子，在這輩子也能跟馨有所交流，他想必很高興吧。

因為之前在百鬼夜行害馨受傷，而一直多慮的影兒，也終於能對馨展露坦率的一面了。

「欸，影兒，我也是喔，可以不用叫茨姬，叫真紀就好了喔？」

「茨姬大人就是茨姬大人。」

「啊，這樣呀。」

對我就表情認真、斬釘截鐵地堅持呀……

「呵呵，好溫馨喔。」

由理在廚房將餐具排上架子，同時溫柔地守望著這副光景。

小麻糬在旁邊擠破氣泡布玩耍。

「小麻糬果然是待在由理身邊比較放鬆嗎？每次留意到時，總是跑到由理附近了呢。」

「或許是靈力的特質相同吧，而且我們是爺爺和孫子的關係呀。」

這也是關係奇妙的一組……

馨的房間仍舊簡單，不過生活用品倒是已經一應俱全。

「咦？反而……比我的房間還有質感耶。」

相對於我房間只有四腳桌和床鋪，馨的房間裡有單色系的床、地毯、還有雅致的玻璃圓桌，電視看起來也有四十二吋！

「欸，馨，以後都來泡在你房間好了？」

「絕對不要。這裡只是回來睡覺用的房間。妳的房間比較，嗯要怎麼說……我比較習慣啦。該說是很舒適嗎……？」

馨微妙地有些羞赧，語帶含糊地說……

「但是那台電視好大……看電影什麼的應該很有臨場感。」
「如果妳不嫌累贅，那就拿去妳房間放好了。」
「咦？真的？」
「我也接收了老爸的藍光播放器，以後我們看電影的享受層級也大大提升了。」
「哇——哇——真的獲得一直想要的東西了！」
從馨的角度來看，應該只覺得就是把原本家裡的東西拿來，既然老是待在我房間，那不如放我房間更方便吧。嗯嗯，是呢。
因此，就改將電視和ＤＶＤ播放器搬到我家。
淺草地下街的大家輕輕鬆鬆就幫我們重新裝設好。
「天酒，你是不需要我擔心啦，但學生一個人住還是有些危險。既是一樓，而且就算你是男生，長得那麼帥，搞不好也會有女性跟蹤狂從窗戶偷窺你家。」
「嗯，跟蹤狂應該先不用管，但我會多小心。大和，謝謝你的各種幫忙，託大家的福，省了不少錢。」
馨表情恭謹地提及錢的話題。
「還有呀，天酒……跟繼見、茨木。」
在大門前，組長有什麼話想跟我們說，「啊啊……嗯——」地擠出語氣複雜的聲音，搔了搔頭。

原本弄得那麼俐落整齊的……組長的頭髮每到下午總會亂成一團。
「怎麼了？組長，你很明顯地在吞吞吐吐耶。」
「……沒有啦，那個。」
不過這時，組長的手機接到一通緊急電話。
「什麼～！塗壁（註6）妖怪和流氓在錦系町對峙！這可不是開玩笑的……！」
幫忙我們搬家的淺草地下街成員們，就在組長「走囉，大家」的一聲號令之下，坐上小型卡車迅速撤離了。與其說是撤離，應該說是前往發生鬥爭的地點才對……
阿水幫忙時雖然有一搭沒一搭的，但去附近的唐吉軻德買了果汁和零食點心回來，我們在馨的搬家工作，到下午茶時間就已經完全結束了。
房間裡圍著桌子休息。
「話說回來，最近終於開始變涼了耶～秋天快來了呢。」
阿水手上剝著花生殼，邊吃邊感性說道。
他看到影兒一直剝不開，還主動說「拿來」，幫他剝。
「講到秋天，十一月有校外教學呢。」

註6：塗壁是在日本北九州流傳的一種妖怪，傳說中是會在夜間道路上阻擋人們前進，像是看不清真面目的牆壁般的妖怪。

「反正肯定是京都吧……」
「沒錯，是京都喔，馨。對我們來說，在某種意義上算是故鄉。」
「……故鄉。」
聽到由理那句話，我和馨不約而同地低垂目光。
一想起那個地方，心情就十分複雜。在這裡的每一個人肯定皆是如此。
沒辦法呀。因為那裡真的是我們難以忘懷的故鄉。
既是過去使我們受苦的魔都，同時也是眷戀不已的理想國度……
「嗯？客人？」
馨房間的門鈴響了，我們詫異地聳肩。
「該、該不會這麼快就有人來推銷報紙……」
「馨，萬一真的是，就說現在正在炸天婦羅喔！」
我不禁擔心起來，從客廳朝門邊窺視。馨從門上的貓眼朝外頭看去，「呿……」了一聲。
他展現出露骨的嫌惡反應後，慢慢將門打開。什麼？是誰？
「不好意思突然登門造訪，啊，這是喬遷賀禮。」
「……你們為什麼在這裡？」
馨當然會覺得討厭，來人居然是陰陽局的退魔師青桐。
今天也是西裝筆挺，一身清爽，眼鏡還閃閃發亮。

還有從後頭瞪著這邊，穿著招搖T恤的津場木茜……

「由於前陣子學園祭的騷動，我們跟淺草地下街的大和先生連繫，聽說今天大家會聚在這裡，所以就過來拜訪。」

「大和……剛剛就是因為這件事而吞吞吐吐呀……唉。」

馨禮數周到地說「請進」，似乎想讓他們進房間，但青桐回應：「啊，不用了，沒關係，在這邊就可以了。」有禮地拒絕。

「來……到前面來。」

接著，出聲催促躲在他們最後頭的那個人物向前移動。

那個人，是一位高個子女性。

望著那位有微波浪捲的及肩黑髮，淺黑色肌膚，身穿白色襯衫搭上緊身牛仔褲，散發些許異國情調的女子，我立刻明白她是誰。

「妳該、該不會是那隻狼人魯卡魯吧？原來是女生！」

我原本只從客廳探出一個頭，現在立刻跑到門口，一把將馨推到旁邊。

從外觀來看，應該大約二十歲左右吧。俐落堅毅的臉龐，更加映襯那雙如玻璃彈珠般閃閃發亮的美麗藍眼睛。

她面無表情，但對於我的問題輕輕地點頭。

「魯小姐，啊，那個，是我自己擅自這樣叫的，陰陽局挖角她了，現在隸屬於東京晴空塔分部。」

「咦？」

這是什麼情況？畢竟她是異國的魔獸，而且非常討厭人類……

「更、更何況妳不是想回家鄉嗎？」

「妳是白痴喔。現在就這樣回家鄉，肯定立刻又會被抓起來吧。魯卡魯這個字其實是男性狼人的意思，女生的數量極為稀少，之後也可能會被盯上。」

津場木茜藉機說明，他的語氣還是隱約透著一股不耐。

「青桐為了避免讓這隻狼人因為學園祭的騷動受處分，才特地讓她暫時加入陰陽局的。我不曉得你們對陰陽局是怎麼想的，但除了式神之外，也有妖怪以個人身分待在裡面。」

就算他這樣說，我仍舊不太明白，便開口問她理由。

「……魯，這樣好嗎？」

「嗯。」

她輕輕點頭，然後用清澈的眼眸凝視著我。

「真紀，我欠妳一份恩情。直到報答妳之前，我反正是不回故鄉的……青桐跟我說，只要待在陰陽局，就能學習到能幫助妳的術法，應該也會有機會回報妳。所以我決定暫時加入他們。」

「……」

啊，青桐……用這種說詞網羅她的呀，實在是個不能掉以輕心的傢伙。

「欠妳的恩情，一定會還妳。妳原諒了我，還救回我這條命。」

講完這幾句話，她就打算快步離開門邊。

「等、等一下，魯！」

我套進馨的拖鞋追過去，然後跑到停下腳步的魯面前，從正面望著她，那雙水藍色、彷彿要將人吸進去般的美麗雙眸。

「欸，妳真的很漂亮喔。」

「！」

太過唐突的讚美，讓魯詫異地眨眨眼，狼的黑耳朵和尾巴「砰」地一聲跑了出來。

不只是魯，周圍那些人也驚訝地問：「什麼？」但我不以為意地繼續講。

「能看到妳原本的模樣，我很高興。我很喜歡妳的臉喔，那雙眼睛的顏色，還有毛茸茸的耳朵和尾巴也很可愛呢！……所以，這麼漂亮的模樣，不能再隱藏在那種黑色邪氣下了喔。」

「……真紀。」

原本一直面無表情的魯，臉上微微染上紅暈，接著又再次輕輕點頭。

外表像是酷酷的大姊姊，反應卻很女孩子氣。

而且毛茸茸的尾巴搖來搖去的，這實在……

「啊——實在太可愛了。」

我不由自主地抱住她。

然後抬頭用無所畏懼的微笑望著身高遠比我高的她。

「早知道妳會被陰陽局拐去……那時就應該把妳變成我的家僕才對。」

「真、真紀……」

臉龐紅得發燙，不知所措的魯也很可愛。我順手摸了摸尾巴，毛茸茸的好舒服。啊啊……比想像的還要柔軟，好好摸呀……

「喂，真紀，不要一邊對妖怪花言巧語，一邊吃人家豆腐。」

「啊，好痛！」

不知何時馨已經站到我後方，還對我施展擅長的手刀。

我伸手揉揉頭，魯看起來有些擔心。我將食指比在嘴唇前，跟她說沒事。畢竟我可是非常厲害又頑強的茨姬。

「那麼，我們就告辭了。啊……」

原本正打算離去的青桐，似乎想起有什麼忘了說，又回過頭朝我們微微一笑。

那道微笑比起他平常爽朗的笑容，似乎還蘊藏著一些深意……

「茨木小姐，有一個陰陽局的成員應該很快就會來跟你們打招呼。搞不好也是妳很熟悉的人。」

「什麼？」

我在陰陽局裡面有認識誰嗎？

「到時候……就麻煩妳們了。」

但我不是很想要這個麻煩耶。

青桐深深地鞠了一次躬，不等我回答，就和對我們做鬼臉、自大幼稚的津場木茜，還有臉上仍泛著紅暈的魯一同上車，乾脆地離去了。

就像午後雷陣雨的一群人耶……

「快來看，真紀！那個眼鏡男給我們的伴手禮，是高級水果果凍喔～」

「你、你說什麼？我要吃。」

另一方面，阿水在房間裡擅自拆開伴手禮。我興高彩烈地回到房內。

馨在後頭跟著走進來，嘴裡還叨念著：「這群愛吃鬼。」

我有圍在房間中央桌旁的這些夥伴們。

這世界變化無常。但這裡依舊熱鬧。

擔憂的事，不安的事，多到數不完。

可是冥冥中有股力量操縱命運之線、羈絆之絲，將重要的人事物……聚集在這裡。

我總有這種感覺。

「……欸，我的每一天都非常有意思吧？爸爸，媽媽。」

秋高氣爽的晴朗藍天下，線香的氣味令胸口揪緊。

我又來幫爸媽掃墓了，因為有好多話想對他們說。

學園祭時，由理在女裝大賽獲得冠軍，我跟馨也在兩人三腳障礙賽中險勝……最後，憑藉著大家的力量，解決了魯卡魯引起的騷動。

我把無憂無慮追著麻雀的小麻糬抓回來，安插在墓碑和我中間坐好。

「你們看，這是小麻糬，很可愛吧？我現在和馨、阿水、影兒和由理一起照顧他。」

小麻糬「噗咿喔」地叫了一聲，舉起一邊翅膀。大概是想打招呼吧。

這隻小鬼應該不曉得墳墓是什麼東西就是了……

「……好乖。」

我用雙手環繞著正滾動腳邊石頭玩耍的小麻糬，繼續訴說後來的事情。

結果，學園祭就那樣平安無事地繼續進行，在最後第三天的企畫大賞，文化性社團聯盟的「發現河童了嗎？」漂亮奪下優勝。

「啊，對了，聽說學園祭最後一天，副會長把大黑學長和早見同學找過去，因為這次的事情向他們道歉，還感謝他們讓學園祭這麼熱鬧又成功。」

雖然副會長令人火大的言行舉止還深深烙印在我腦海，但該怎麼說，她倒是相當乾脆又有原則。

她自己差點遭到惡妖攻擊的事，也因為大黑學長的處理而忘得一乾二淨，同時毒氣也都清理乾淨了。

至於UMA研究社的早見同學，在學園祭結束後，他說在學校裡看見真正的河童，激動地向大家保證。

每個人都用同情的目光望著他說：「終於開始看到幻覺了……」但他手上留有數個手鞠河童的「詛咒手印」，只有我們明白他說的是真的。

我想肯定是神明的力量在那瞬間替他實現了深切願望吧，畢竟手鞠河童那時真的在學校裡晃來晃去。

另外，由於魯卡魯引發的騷動，馨所創造出來、完全複製學園空間的狹間「裡明城學園」，已經交由淺草地下街管理，靜悄悄地存在著。

那是個體積相當龐大的狹間，又是馨創造的，不僅堅固，穩定度又好。

現代幾乎不會有新狹間出現，以學校為藍本創造出來的又是第一次，大家討論著哪天可以在裡面舉辦夜間的妖怪運動會。

還有，手鞠河童們正在籌畫要蓋一座河童樂園……

「一切都好好玩喔，學園祭。」

和我原本總是避開的人類小孩交流，盡心達成自己的工作或任務，大家一起完成一件事情。

「我第一次覺得人類也滿有趣的，人類的力量能產生巨大的成果呢。」

至今我有興趣的人類少到數得出來，甚至還認為自己不擅於應付人類。

人類基本上就是弱小、虛幻、喜怒無常、健忘，又缺乏羈絆和愛的生物……
「欸……爸爸，媽媽。」
乾爽的秋風吹拂，線香的白煙隨風掠過臉頰。
我想起自己的爸媽也是人類。
好幾輛車連環追撞，起火燃燒，在那之中，有爸媽的藍色廂型車。在魯的記憶裡看見的那幅畫面，深深烙印在我的腦海。
我不再說話，閉上雙眼合掌。
「……」
出生在這個世界上，觸碰到爸媽溫暖的手，那時的事我記得很清楚。
死亡逼近的瞬間，接著從幽暗世界翻身，模糊透著淡金色的視野中，深深吸到空氣的那瞬間……忍不住哇地一聲，像個嬰兒般大哭起來。
令人精神為之一振的甦醒，我明白新的生命開始了。
那讓我非常地、非常地懊悔。
緊緊握著我小小雙手的記憶，實在太溫暖，又太沉重了。
不過，親愛的媽媽甜美的愛意，思念的爸爸的溫度，就在這裡。
毫無行為能力的嬰兒，到處闖禍的幼稚園生，老成的小學生，不太有青春期特質的國中生，日益茁壯、活力充沛的我。

這樣的我身為人類的日子，他們總是在身旁守望著。

可能的話……

「真想讓爸媽看到我穿上新娘禮服的模樣呀……」

那肯定是遙遠將來的事。

不過原本確實是父母和小孩的一種道別。

既然都必須道別，至少這輩子真想親身體會那麼幸福的道別，還有雙親喜悅的眼淚。

「……」

我緩緩張開眼，抱著小麻糬站起身，單手拍拍褲裙膝蓋處。

突然間，空氣中飄來桂花的香氣，察覺季節真實的轉換。

「欸，小麻糬，有秋天的香氣呢。」

小麻糬吸了吸鼻子，對這清爽又甘甜的香氣很有興趣。

所以我讓他看身旁桂花小巧可愛的橘色花朵，還讓他去摸。

在他眼裡，飄然散落的這種花似乎非常有意思。

「真紀。」

馨正好到靈園出口來接我。

雖然我有說要來掃墓，但他不用特地來接，我也會自己回去呀。

「欸，馨，你看……桂花的季節到了耶。好香喔。」

「這種花真的是會突然散發香氣呢。」

小麻糬看到爸爸來了，歡天喜地想到他身邊去。

所以我將他交給馨抱，但我也因此突然少了個暖爐。

「唔……好像有點冷，我穿得太少了。」

「氣象預報有說今天會偏涼，好不容易有了超大台的電視，至少看一下新聞啦。」

「欸，馨，反正你一定不讓我牽手，那手臂給我。」

「……手臂，給妳？」

馨嘴裡還念著：「這句話從妳口中講出來，總覺得會被妳拉去吃掉。」同時將小麻糬用單手抱好，再不情願地將一邊手肘朝這邊凸出來。我立刻將手臂伸進去勾住。

「啊——我的暖爐……」

他穿著帶有秋意的灰色針織薄衫，既溫暖又柔軟，我忍不住在上面搓來搓去。

「喂，不要一直搓啦，會有靜電。」

「……頭髮黏住了啦。」

「妳看吧——變得像鬼婆婆了，還抓著我的手臂，好恐怖。」

這瞬間有陣風呼嘯而過，兩人都微微發抖，自然地相互挨近。

「啊，你看，是烤番薯。」

走往公車站牌的途中，看到賣烤番薯的流動攤販。

居然連秋天應景的點心都登場啦。香甜魅惑的氣味……

「啊啊，這個香氣太誘人了啦，直接傳達到秋天的空腹了呢，烤番薯這種東西。」

對番薯這個詞立刻有反應的是，在馨懷裡揉著自己肚毛的小麻糬。他明顯地躁動起來。

「小麻糬也很喜歡吧～番薯。」

「噗咿喔、噗咿喔！」

小麻糬劇烈拍動翅膀，興奮起來。我掏出自己的錢包，正打算買給小麻糬時，馨說：「沒關係，打工薪水領到了，我來買就好。」自己拿出錢包。

這是為了家人犧牲奉獻的老公，零用錢遭到壓榨的瞬間……

「馨，謝謝，但一個就夠了喔。」

「哦——明明最喜歡人家請客，這麼節制呀。」

「今天想要大家一起分食熱呼呼的東西……嗯？」

掏出錢包時，從他的牛仔褲口袋跟著露出魷魚乾的一角。不，那是……魷魚乾的食品模型。

「這是我之前在合羽橋買給你的那個嗎？」

「啊？對啊……剛好適合掛在新房間的鑰匙。」

我把那個魷魚乾食品模型拉出來，下面是馨剛搬來的野原莊１０７號房的鑰匙。我房間正下方那間的鑰匙。

「……呵呵。」

「妳傻笑什麼呀。」

「沒有！那時候買的東西可以派上用場，我很高興呀。」

這是守護著馨的新家、充滿回憶的紀念物。

「給妳，烤番薯。」

馨買好烤番薯。我們決定坐在公車站牌旁的長椅，邊等公車邊吃。包在錫箔紙裡，圓鼓鼓的烤番薯。

「喔喔……」

馨剝開錫箔紙，將番薯掰成兩半，焦紫色外皮內清晰露出金黃色、香甜鬆軟又熱騰騰的番薯肉……正中間稍微黏稠的部分，正是烤番薯最美味的精華部份。

「好燙好燙……啊——好甜喔……」

我咬了一口，那溫暖又令人懷念的甜蜜滋味，給我一種奇妙的安心感。

馨對著剝成小塊的烤番薯呼呼吹氣，才拿給小麻糬。

小麻糬靈巧地用兩隻翅膀捧著，吃得不亦樂乎。

「馨，給你。」

我把自己吃一半的番薯遞給馨。

他理所當然地接過去，很男孩子氣地大口咬下。

「……好吃耶。」

「外面用石頭烤的番薯，果然跟自己在家裡蒸的完全不同耶，感覺味道比較濃厚。」

嘶唰嘶唰……唔嗯唔嗯……

剝去錫箔紙的聲音，還有兩人沉默地輪流遞給對方吃，安靜的時光。

這種時刻，讓人覺得心頭暖呼呼的。我很珍惜只是待在一起的平靜日常。

就像這樣理所當然般地相互挨近，結伴在一起。

承受著不經意時突然降臨內心的寒涼陰影，互相溫暖對方，度過每一天。

「……」

我有點想碰觸馨的手，但又縮了回來。反正他一定會抱怨「熱死了」，才不會回握我。

但他或許是注意到我的動作，若無其事地牽住我的手。

「……好難得喔，你竟然會主動牽我的手，呵呵呵。」

「不要笑……因為妳的手很熱呀，現成暖暖包。」

即使言語上彼此取笑，相互交纏的手指、緊緊相握的手，傳達了真正的心意。

這輩子我們絕對不會分開。

偶爾我會對此感到十分哀傷，幾乎都要落淚。

這裡就是理想國度。千年前的我們深深嚮往、打算建造的，和平安穩的世界。

在那個時代中無法實現的夢想。

失去的東西。

在這輩子卻理所當然地伴隨身旁。

我們只是想要幸福。

但願，這番和平安穩不是夢境，能夠持續一生。

隔天。

我一如往常地起床，一如往常地和馨一起去學校。

沒有賴床。

因為今天早上醒來時，就像剛出生那天一樣，非常神清氣爽。

「早安，真紀，馨。」

「早安呀——」

「早。」

已經先到教室的由理，一如往常地向我和馨打招呼。

「咦？班上氣氛……是不是有點興奮？特別是女生們。」

我發現同學們異常地亢奮。特別是那些女生。

由理竊笑，跟我們解釋。

「我之前有講過吧，聽說有新的生物老師來。因為他要代理請產假的山本老師的職務，所以好像會變我們班的副班導。聽說是個年輕又帥氣的男老師。」

「啊啊……所以女生們才嘰嘰喳喳個不停呀。女孩子都喜歡帥哥呀。」

或許是看習慣馨和由理了，我對帥哥的標準非常高，所以對於那位新老師，倒是想看看他能有多帥這種感覺吧。

「那個呀，聽說是混血兒喔。」

「混血兒？外國人和日本人的嗎？啊啊，不過，所以頭髮才會是金色呀……」

我想起之前在舊館三樓的理化實驗室看到的那位金髮老師。

那時候還想說金髮好特別喔，原來如此。

馨似乎根本沒在聽我們講話，坐到自己位置上心無旁騖地研究打工情報雜誌。

「好了，大家都回座位——」

班導濱田老師進到教室。

四處響起拉椅子的聲音，同學們都回到位置上。我跟由理也分別回去坐好。而馨，果然還在看打工情報雜誌。

「大家早，可能有人還沒從學園祭的興奮情緒收心，但期中考很快就要到了，大家還是要注意一下。」

「不要啦～」

充滿濱田老師風格，節奏明快又無情的開場白之後，老師朝教室門口瞄了一眼。

——金色。

這個色彩在視線範圍內飄盪。

在腳步聲中踏進這間教室的是，一位身穿白袍的高個子金髮男性。

果然……是在那間理化實驗室……

我仍舊雙手撐著下巴，漫不經心地望著新老師美麗的頭髮，半發著呆。不過……

「……」

一看見他有如雕塑品般精緻的臉龐時，我緩緩地睜大雙眼。

喧囂頓時靜了下來，但內心確實陷入混亂。

意識到過去那道不曾消失的傷痕。

「今天要跟大家介紹新老師，是要代理休產假的山本老師職務的生物老師，而且也會是二年一班的副班導，『叶冬夜』老師。」

女生們興奮的叫聲和交談聲充斥教室內。

但我聽不見任何聲音。

由理也是，就連剛剛還專心看著打工雜誌的馨也不例外……

抬起頭，再也無法從眼前這個男人身上移開目光，眼睛連眨都不眨一下。
甚至幾乎要屏住呼吸。
只有血液在體內熱燙沸騰。
我們清楚知道。
是啊……清楚知道他是誰。

「我是叶冬夜……請多多指教。」

毫無抑揚頓挫、語調淡然的低沉聲音。沒有溫度的平板表情。
那雙透著深不見底幽黑色彩的眼眸。
讓人恐懼到幾近憎恨的，那股靈力氣息。

我絕不可能忘記。
你是……
你是——安倍晴明。

後記

好久不見，我是友麻碧。

感謝各位閱讀《淺草鬼妻日記》第二集。

第一集發行當天我去了淺草寺參拜，六個月前戰戰兢兢地讓這部作品問世時的點點滴滴，現在我仍記得一清二楚。超乎我想像的眾多讀者閱讀拙作，讓這部作品能順利發展成系列作品。

那麼，這次主要是關於學園祭的故事。連我自己都不明所以地熱愛著河童。

封面上也有許多可愛的手鞠河童喔！（總共有幾隻呢？）

其實《淺草鬼妻日記》這個故事，還有這次學園祭的故事，是以友麻在L文庫寫書之前就於網路上持續創作的故事為基礎。

當時友麻個人的筆名是「河童同盟」，嗯，或許有些讀者朋友早就知道了……這筆名連我也覺得有些奇怪……就是UMA。

所以，這次就讓我稍微介紹一下這個筆名。

為什麼會取「河童同盟」這個神祕的筆名呢？登錄網站那時，我正好在美術大學年度期末製作，製作了一個會有河童出場的恐怖動畫，當時畫了數不清的河童，所以靈機一動想到取這個名字。結果就在沿用這個筆名的情況下，有幾部網路小說發行紙本，每次在工作上或出版社宴會中交換名片，必須說出這個名字時，我都羞愧得無地自容，還記得當時都冒冷汗了。沒錯。

因此，第一次創作紙本小說《妖怪旅館營業中》時，我想說都要擺在書架上了，河童同盟這個名字實在是不妥，就改名為友麻碧（河童→綠色的ＵＭＡ→MIDORI的YUMA→YUMA-MIDORI→友麻碧）。

自從開始寫妖怪故事，我毫不節制地頻頻讓喜愛的河童出場，就變成現在的模樣了。雖然並沒有感到讀者有這樣的需求，但無法遏止地喜歡河童的友麻碧的小說……失控地讓河童占據大量篇幅。即使如此仍包容我的富士見Ｌ文庫和讀者們，真的很感謝各位！

最近，長期合作的責任編輯換人了。

以前那位責任編輯，在友麻還是青澀的河童同盟時代發掘我，讓《妖怪旅館營業中》和《淺草鬼妻日記》有機會問世。友麻能有今天，百分之百都是他的功勞，真的是十分感激。

新的責任編輯在接任友麻的兩部系列作品後，在創作上給了我相當大的支持，內心萬分感謝。還有在看原稿時捧腹大笑，喜歡大黑學長這個角色……都讓我很高興！

繪製插畫的あやとき，這次也負責封面的插畫，謝謝妳。充滿個人風格、鮮豔而明亮的色彩運用，讓他們的幸福神態和真紀描繪的理想國度躍於紙上。還有阿水的表情真的讓人有種火大的感覺，我非常喜歡。由理子非常端莊又可愛……（雖然是男生）。

最後是各位讀者們。第一集連續再版，對我創作續集是最好的支持。從眾多作品中挑選了本書，真的很感謝大家。

總之，為了將自己內心描繪的、直到結局為止的故事內容傳達給各位，我會繼續努力。

從下一集開始，故事即將有重大進展，希望各位能繼續守望想要變得幸福的前大妖怪，在這輩子中的人生。我打從心底期盼，這兩集故事能讓各位看得開心。

不小心越寫越長了，就此打住。

第三集中故事的季節和現實中的季節，或許會難得地一致。

友麻碧

國家圖書館出版品預行編目資料

淺草鬼妻日記 . 2, 妖怪夫婦歡慶學園祭 / 友麻碧作 ; 莫秦譯 . -- 初版 . -- 臺北市 : 臺灣角川 , 2018.06

面 ; 公分 . --（角川輕 . 文學）

譯自 : 浅草鬼嫁日記 . 2, あやかし夫婦は青春を謳歌する

ISBN 978-957-564-275-4(平裝)

861.57 107006325

輕文學
Light Literature

淺草鬼妻日記 二 妖怪夫婦歡慶學園祭

原著名＊淺草鬼嫁日記 二 あやかし夫婦は青春を謳歌する。

作　　者＊友麻碧
插　　畫＊あやとき
譯　　者＊莫秦

2018 年 6 月 7 日　初版第 1 刷發行
2020 年 9 月 4 日　初版第 3 刷發行

發 行 人＊岩崎剛人
總 編 輯＊呂慧君
副 主 編＊溫佩蓉
美術設計＊吳佳昫
印　　務＊李明修（主任）、張加恩（主任）、張凱棋

台灣角川

發 行 所＊台灣角川股份有限公司
地　　址＊105 台北市光復北路 11 巷 44 號 5 樓
電　　話＊（02）2747-2433
傳　　真＊（02）2747-2558
網　　址＊http://www.kadokawa.com.tw
劃撥帳戶＊台灣角川股份有限公司
劃撥帳號＊19487412
法律顧問＊有澤法律事務所
製　　版＊尚騰印刷事業有限公司
I S B N＊978-957-564-275-4